《中国文艺工作者职业道德公约》
学习读本

中国文联国内联络部 编

中国文联出版社

图书在版编目（CIP）数据

《中国文艺工作者职业道德公约》学习读本 / 中国文联国内联络部编. —— 北京：中国文联出版社，2022.10（2023.3重印）

ISBN 978-7-5190-4787-0

Ⅰ.①中… Ⅱ.①中… Ⅲ.①文艺工作者—职业道德—中国—学习参考资料 Ⅳ.①I03

中国版本图书馆CIP数据核字(2022)第184738号

编　　者	中国文联国内联络部
责任编辑	冯　巍　阴奕璇
责任校对	胡世勋
装帧设计	吉　辰

出版发行	中国文联出版社有限公司
社　　址	北京市朝阳区农展馆南里10号　邮编 100125
电　　话	010-85923025（发行部）　010-85923091（总编室）
经　　销	全国新华书店等
印　　刷	北京地大彩印有限公司
开　　本	880毫米 × 1230毫米　1/32
印　　张	4
字　　数	64千字
版次印次	2022年10月第1版第1次印刷　2023年3月第3次印刷
定　　价	24.00元

版权所有·侵权必究

如有印装质量问题，请与本社发行部联系调换

编者的话

　　党的十八大以来，以习近平同志为核心的党中央高度重视文艺工作，习近平总书记多次发表重要讲话、作出重要指示批示，对新时代文艺工作者应该走什么样的人生之路、艺术之路提出明确要求，寄予殷切期望，为做好文艺工作提供了根本遵循。

　　2022年3月，中国文联十一届二次全委会会议审议通过并向社会发布《中国文艺工作者职业道德公约（修订稿）》(简称《公约》）。新修订的《公约》是在2012年首次发布内容基础上，根据新的形势任务和新的精神修订的，增加了新的表述，并修改了个别文字，充分体现时代性要求，进一步拓展和强化文艺工作者的自我教育和自律要求。修订后的《公约》提出，全国广大文艺工作者应坚持爱国为民、坚定文化自信、潜心创作耕耘、追求德艺双馨、倡导团结向上、引领社会风尚。为积极推动《公约》

的宣传工作，2022年8月，中国文联邀请多位专家学者在《中国艺术报》开设专栏，刊发系列文章，就学习贯彻、落实践行《公约》进行系统解读、深入阐释。

现将上述专栏文章结集出版，并附录了文娱领域综合治理工作的相关资料，以此作为广大文艺工作者明是非、辨美丑、知敬畏、存戒惧、守底线的学习辅导读本，帮助大家不断廓清思想迷雾、澄清模糊认识，坚定立心铸魂、德艺双馨的理想追求。

本书在编撰过程中得到了中央宣传部、中央网信办、教育部、公安部、司法部、文旅部、税务总局、市场监管总局、广电总局、银保监会、证监会、共青团中央、全国妇联、中国作协等单位的大力支持。在此谨致感谢。

本书可供各级文联、相关文艺组织和广大文艺工作者培训研修学习使用。由于时间和能力所限，书中难免有疏漏或不妥之处，敬请读者不吝批评指正。

中国文联国内联络部
2022年8月

《中国文艺工作者职业道德公约》
学习读本编写组

主　编　　谢　力　尹　兴
副主编　　苗　宏　姚莲瑞　邓友女
委　员（按姓氏笔画为序）
　　　　　　王一川　邓光辉　冯双白　向云驹　张德祥
　　　　　　周由强　郑希友　郝　戎　康　伟　彭　锋
　　　　　　董　涛　傅亦轩
编　辑（按姓氏笔画为序）
　　　　　　云　菲　田　恬　刘金山　闫　毅　吴月玲
　　　　　　张　晶　张桐硕　林德源　谢晗群　魏　宁

目录

中国文艺工作者职业道德公约 — 1

文艺工作者的道德基石和精神高度 — 5
向云驹

以新的文艺创造坚定文化自信 — 21
王一川

潜心耕耘　勇攀艺术创作高峰 — 33
冯双白

坚定理想 弘扬正道　　　　　　　　　　45
持之以恒追求德艺双馨艺术道路
郝戎

倡导团结向上 营造天朗气清的文艺风气　　59
张德祥

弘扬行风艺德 引领社会风尚　　　　　　69
彭锋

附录

文艺工作者道德法治教育参阅学习资料目录　　83

演员聘用合同示范文本（试行）　　　　　　87

中国文艺工作者
职业道德公约

> 2022年3月29日中国文学艺术界联合会
> 第十一届全国委员会第二次全体会议修订

为进一步加强文艺工作者职业道德建设和文艺行风建设，大力弘扬社会主义核心价值观，积极践行爱国、为民、崇德、尚艺的文艺界核心价值观，争做有信仰、有情怀、有担当的新时代文艺工作者，共同营造山清水秀的文艺生态，为建成社会主义文化强国、实现中华民族伟大复兴中国梦贡献力量，特制定本公约。

一、坚持爱国为民。忠于祖国，忠于人民，拥护中国共产党的领导和中国特色社会主义制度，坚持为人民服务、为社会主义服务，胸怀"国之大者"，心系民族复兴伟业，自觉承担举旗帜、聚民心、育新人、兴文化、展形象的使命任务，弘扬主旋律，传播正能量。坚决抵制一切分裂祖国、破坏民族团结、危害社会和谐稳定和损害人民利益的言行。

二、坚定文化自信。坚持走中国特色社会主义文艺发展道路，坚持守正创新，坚守中华文化立场，弘扬以爱国主义为核心的民族精神和以改革创新为核心的时代精神，推动中华优秀传统文化创造性转化、创新性发展，吸收和借鉴人类文明有益成果，歌颂真善美，针砭假恶丑，讲好中国故事，弘扬中国精神，传播中国价值。坚决抵制调侃崇高、扭曲经典、颠覆历史，丑化人民群众和英雄人物，反对唯洋是从、历史虚无主义和文化虚无主义。

三、潜心创作耕耘。坚守人民立场，始终坚持以人民为中心的创作导向，树立精品意识，深入生活、扎根人民，增强脚力、眼力、脑力、笔力，坚持思想精深、艺术精湛、制作精良相统一，积极投身现实题材创作，讴歌党、讴歌祖国、讴歌人民、讴歌英雄，创作满足人民文化需求和增强人民精神力量的精品力作，书写生生不息的人民史诗，勇攀艺术高峰。坚决抵制粗制滥造、抄袭跟风，反对唯票房、唯流量、唯收视率。

四、追求德艺双馨。坚守艺术理想和艺术良知，保持对艺术的敬畏之心和对专业的赤诚之心，守正道、走大道，加强思想积累、知识储备、文化修养、艺术训练，讲品位、讲格调、讲责任，把个人的道德修养、社会形象与作品的社会效果统一起来，做到襟怀学识贯通、道德才情交融、人品艺品统一，为历史存正气、为世人弘美德、为自身留清名。坚决抵制庸俗、低俗、媚俗，反对拜金主义、享乐主义和极端个人主义。

五、倡导团结向上。坚持百花齐放、百家争鸣，尊重艺术规律，发扬学术民主、艺术民主，开展专业、权威、健康的文艺批评，增强朝气锐气，褒优贬劣、激浊扬清，见贤思齐、取长补短，团结和谐、共同进步，弘扬行风艺德，树立文艺界良好社会形象，积极营造自尊自爱、互学互鉴、天朗气清的行业风气。坚决抵制造谣诽谤、网络暴力，决不做不良风气的制造者、跟风者、鼓吹者。

六、引领社会风尚。坚持从严律己，模范遵纪守法，遵守公序良俗，恪守行业规范，尊崇职业道德，弘扬社会正义，践行法治精神，热心公益、乐于奉献，珍惜党和人民赋予的庄严使命，认真履行人类灵魂工程师的神圣职责，堂堂正正做人、清清白白做事，成为真善美的传播者、先进文化的践行者、时代风尚的引领者、社会形象的塑造者。坚决抵制偷逃税、涉"黄赌毒"等违法违规、失德失范行为，反对炫富竞奢、见利忘义，摒弃畸形审美。

全国各级文联组织及所属文艺家协会要广泛宣传和推动本公约的施行。全国广大文艺工作者要自觉遵守本公约，主动接受监督。

文艺工作者的道德基石和精神高度

向云驹

中国文艺评论家协会副主席

2022年3月29日中国文联第十一届全国委员会第二次全体会议审议通过的《中国文艺工作者职业道德公约（修订稿）》中，开篇首范为"坚持爱国为民"，要求文艺工作者"忠于祖国，忠于人民，拥护中国共产党的领导和中国特色社会主义制度，坚持为人民服务、为社会主义服务，胸怀'国之大者'，心系民族复兴伟业，自觉承担举旗帜、聚民心、育新人、兴文化、展形象的使命任务，弘扬主旋律，传播正能量。坚决抵制一切分裂祖国、破坏民族团结、危害社会和谐稳定和损害人民利益的言行"。

一、作为道德伦理的文艺爱国主义精神和人民观

职业道德属于伦理范畴。道德是人们相互关系的行为准则和规范，重点包括了个人的思想品质、修养境界、善恶判断、风尚德育。道德既是一种善恶评价，又是一种行为标准；既表现为道德心理和意识现象，也表现为道德行为和活动现象。文艺与道德具有广泛而深刻的关联。习近平总书记指出："文艺是铸造灵魂的工程，文艺工作者是灵魂的工程师。"文艺是社会生活在文艺家头脑中的反映，文艺家根据个人经验用艺术手段、形象思维、美学原则来加工处理社会生活，塑造艺术形象和人物形象，就不能不反映社会的道德风尚和人的道德品质。"尽善尽美"是中国艺术发展的宝贵经验和重要美学原则与艺术标准。朱熹说："美者，声容之盛。善者，美之实也。"韩愈也特别强调文艺与道德的关系，主张文学艺术是"贯道之器"，要把"道"贯穿于文艺作品始终，文道合一也要成为文艺家的终身修

为。他说:"行之乎仁义之途,游之乎诗书之源,无迷其途,无绝其源,终吾身而已矣。"这里的美善关系也就是文艺与道德的关系,不仅包含着文艺家的社会公德内容,也具有文艺的职业道德内涵。

"爱国为民"是文艺工作者核心价值观的重要内容,也是社会主义核心价值观对文艺工作者在文艺行业和职业道德上的重要要求和体现。在一定意义上也可以说,"坚持爱国为民"是《中国文艺工作者职业道德公约》的道德基石和情感基础。对祖国的热爱是来自历史传承和世代积淀的一种深厚情感。这也是中华民族和中华文明的一种独特的精神密码:以热爱祖国为中华民族核心价值观的家国情怀、大一统意识、多元一体格局是中华文明在历史长河中生生不息和从未中断的精神力量与文化基因。历史反复证明,"爱国"从来就是凝聚全国各族人民的核心要素和处于第一位的价值观。爱国是社会主义核心价值观从个人层面对公民提出的一个基本要求。党的十八大提出积极培育和践行社会主义核心价值观。富强、民主、文明、和谐是国家层面的价值目标,自由、平等、公正、法治是社会层面的价值取向,爱国、敬业、诚信、友善是公民个人层面的价值准则。《新时代公民道德建设实施纲要》指出:"以爱国主义为核心的民族精神和以改革创新为核心的时代精神,是中华民族生生不息、发展壮大的坚实精神支撑和强大道德力量。要深化改革开放史、新中国历史、中国共产党历史、中华民族近代史、中华文明史教育,弘扬中国人民伟大创造精神、伟大奋斗精神、伟大团结精神、伟大梦想精神,倡导一切有利于团结统一、爱好和平、勤劳勇敢、自强不息的思想和观念,构筑中华民族共有精神家园。"

"爱国为民"是新时代文艺工作者更高艺术精神追求的高蹈境界。新时代赋予"爱国为民"以崭新而丰富的精神和道德内涵。经过长期努力,中国特色社会主义进入了新时代,这是我国发展的新的历史方位。中国特色社会主义进入新时代,意味着近代以来久经磨难的中华民族迎来了从站起来、富起来到强起来的伟大飞跃,迎来了实现中华民族伟大复兴的光明前景。习近平总书记在中国文联十一大、中国作协十大开幕式上的重要讲话中指出:"新时代新征程是当代中国文艺的历史方位。"为此,他向广大文艺工作者提出了"五个新"的要求,即"在培根铸魂上展现新担当,在守正创新上实现新作为,在明德修身上焕发新风貌,用自强不息、厚德载物的文化创造,展示中国文艺新气象,铸就中华文化新辉煌"。在文艺界高扬爱国主义精神、高扬人民性文艺属性是习近平新时代中国特色社会主义思想的重要内容。其中涵盖了五方面的思想维度和精神高度：一是价值观维度，即爱国主义是文艺的永恒价值理念。习近平总书记指出："在社会主义核心价值观中，最深层、最根本、最永恒的是爱国主义。爱国主义是常写常新的主题。拥有家国情怀的作品，最能感召中华儿女团结奋斗。""我们当代文艺更要把爱国主义作为文艺创作的主旋律，引导人民树立和坚持正确的历史观、民族观、国家观、文化观，增强做中国人的骨气和底气。"二是艺术观维度，即文艺要以理服人、以文化人、以情感人，生动传播爱国主义精神，唱响爱国主义主旋律，用文艺为让爱国主义成为每一个中国人的坚定信念和精神依靠作出贡献。习近平总书记指出："我们要高扬爱国主义主旋律，用生动的文学语言和光彩夺目的艺术形象，装点祖国的秀美河山，描绘中华民族的卓越风华，激发每一个中国人的民族自豪感和国家荣誉感。"三是道德观维度，即文艺工作者要心系祖国和人民，心系民族复兴伟业，将爱国主义精神落实和践行在热忱描绘新时代新征程的恢宏气象文艺实践中。习近平总书记指出："广大文艺工作者要深刻把握民族复兴的时代主题，把人生追求、艺术生命同国家前途、民族命运、人民愿望紧密结合起来,以文弘业、以文培元,以文立心、以文铸魂,把文艺创造写到民族复兴的历史上、写在人民奋斗的征程中。"用文艺"展现中华历史之美、山河之美、文化之美,抒写中国人民奋斗之志、创造之力、发展之果,全方位全景式展现新时代的精神气象"。四是人民观维度,即文艺工作者要坚持人民至上,坚守人民立场,坚持以人民为中心的创作导向。人民是历史和时代的创造者,人民是文艺之母。文艺要"书写生生不息的人民史诗",广大文艺工作者要"把人民放在心中最高位置,把人民满意不满意作为检验艺术的最高标准,创作更多满足人民文化需求和增强人民精神力量的优秀作品,让文艺的百花园永远为人民绽放"。五是天下观维度,即立足中国,面向世界。一方面用中国文艺表达跨越时空、超越国界、富有永恒魅力、具有当代价值的文化精神;另一方面把中国人在文化创新创造中取得的成果奉献给世界,努力创作同我们这个文明古国、我们这个蓬勃发展的国家相匹配的优秀作品。"以艺通心,更易沟通世界。"文艺要讲好中国故事,为推动构建人类命运共同体谱写新篇章。习近平总书记指出:"中国人民历来具有深厚的天下情怀,当代中国文艺要把目光投向世界、投向人类。广大文艺工作者要有信心和抱负,承百代之流,会当今之变,创作更多彰显中国审美旨趣、传播当代中国价值观念、反映全人类共同价值追求的优秀作品。"

毫无疑问,爱国主义精神的深广度,也同时划定了拒斥、批判、反对的态度、立场和边界,即必须立场鲜明、态度决绝地坚决抵制一切分裂祖国、破坏民族团结、危害社会和谐稳定和损害人民利益的言行。

二、爱国为民的文艺传统和文艺伦理价值

爱国是中华民族共同体意识中内在的具有凝聚力的感情。每一个人都属于自己脚下的土地。中国老话说:"一方水土养一方人。"人出生和生长在特定的地理空间和文化空间,不同的地理环境塑造了不同人群的生活生产方式,使不同人群依赖和改造自己的生存环境。人类在特定的自然中繁衍生长,大自然养育了人类,也培养了人类对自然的依赖、依恋、依靠,人类从自然中培植了对自然的审美和美感。诗人艾青的名句"为什么我的眼里常含泪水?因为我对这土地爱得深沉",表达的就是这种对生于斯长于

斯的祖国、故土和大地的深情。人类又是一种"文化"的物种。文化是人类所独具的,文化是人类的标志,是人类所创造的,也使人类成为文化所塑造的物种。特定的自然环境产生特定环境中的文化。在历史的演进中,生命的归宿感,文化的认同感,民族共同体的凝聚意识,祖国和她拥有的人文气质、文化标识、精神力量,培养和塑造了她一代又一代的优秀儿女,形成和传承着伟大而深厚的爱国情怀和爱国主义精神。

中国人民和中国文艺的爱国主义传统源远流长、一脉相承,可以说是"报国行赴难,古来皆共然"。《尚书》即有言"爱国如饥渴"。屈原以他的《离骚》和以身殉国,表现了忧愤深广的爱国主义精神。司马迁说:"常思奋不顾身,以殉国家之急。"写出"念天地之悠悠,独怆然而涕下"名句的陈子昂,也写过"感时思报国,拔剑起蒿莱"的诗句。范仲淹的"先天下之忧而忧,后天下之乐而乐",陆游的"王师北定中原日,家祭无忘告乃翁""位卑未敢忘忧国""夜阑卧听风吹雨,铁马冰河入梦来",文天祥的"人生自古谁无死,留取丹心照汗青",岳飞的《满江红》,方志敏的《可爱的中国》,等等,都以全部热情为祖国放歌抒怀。鲁迅有"我以我血荐轩辕"的名句,他的文学作品灌注着强烈的爱国主义精神，被誉为"民族魂"。他也曾满怀激情地赞颂祖国大好河山，称颂"吾广漠美丽最可爱之中国兮，而实世界之天府，文明之鼻祖也"，"中国者，中国人之中国"，"不容外族之觊觎"，中国必将"雄厉无前，屹然独见于天下"。在国家蒙辱、人民蒙难、文明蒙尘时，文艺家中的泣血椎心、踔厉奋发者，史不绝书。抗日战争时期，田汉、聂耳创作《义勇军进行曲》；贺绿汀在前线创作《游击队歌》；光未然、冼星海创作民族怒吼之声《黄河大合唱》；郭沫若的历史剧《屈原》震撼大后方，激起广泛的同仇敌忾精神；梅兰芳蓄须明志坚守民族气节。抗美援朝时期，常宝堃等文艺家血洒疆场；常香玉以自创自演《花木兰》义捐"香玉剧社号"战斗机；乔羽等创作《我的祖国》，一曲"一条大河波浪宽"唱响大江南北，那句"朋友来了有好酒，若是那豺狼来了，迎接它的有猎枪"，穿越历史时空经久传唱。前有闻一多怀抱浩然之气不惧赴死，后有常书鸿为守护敦煌文明殚精竭虑。正如习近平总书记所言："伟大的文艺展现伟大的灵魂，伟大的文艺来自伟大的灵魂。"

闪耀着爱国主义思想光芒和审美光彩的文艺作品因其蕴含着隽永的美、永恒的情、浩荡的气，容纳了深刻流动的历史、文化、人性的内涵，包含着强大的思想穿透力、审美洞察力、形式创造力，从而具有巨大的审美的美学魅力和艺术的感染力。文艺家的道德和人格，是文艺作品和审美接受之间的媒介和桥梁。文艺要塑造人心，创作者首先要塑造自己。养德和修艺是分不开的。广大文艺工作者要把为人、做事、从艺统一起来，加强思想积累、知识储备、艺术训练，做到德艺双馨。"爱国为民"是文艺事业道德大厦的基石，没有这个强大坚实的道德基础，文艺家的人格塑造、文艺事业的繁荣发展都会"凌空蹈虚"。

三、文艺家"爱国"与"为民"的价值统一

爱祖国与爱人民不仅是逻辑的统一，也是历史的统一。习近平总书记指出："人民是历史的创造者，人民是真正的英雄。波澜壮阔的中华民族发展史是中国人民书写的！博大精深的中华文明是中国人民创造的！历久弥新的中华民族精神是中国人民培育的！"

马克思主义唯物史观的核心理念就是历史是人民创造的，创造历史的人民的主体是劳动群众。人民是历史的主

体,人民也是国家的主体。在社会主义中国,以劳动群众为主体的人民还是国家的主人。掌握了这一历史定律,就掌握了历史的主动性,找到了推动历史前进和改变历史进程的钥匙。这就是中国共产党团结带领中国人民取得巨大建设发展成就的奥秘。所以,中国共产党始终把依靠人民、为了人民、服务人民作为党的初心和宗旨,坚持全心全意为人民服务。坚持以人民为中心,把人民对美好生活的向往作为奋斗目标,依靠人民创造历史伟业。人民不仅是历史的创造者,也是决定党和国家前途命运的根本力量。这就是把全心全意为人民服务作为最基本的,也是最高的社会主义道德规范的历史原因和现实基础。

"为民"的文艺职业道德规范,还集中体现在文艺创作的情感上、文艺活动的宗旨上和文艺事业发展的目标上。首先,要对人民有深厚的感情,"对人民,要爱得真挚、爱得彻底、爱得持久"。文艺是以情动人、以情感人的精神产品,情感的深度决定着作品的情感力度。古希腊神话把大地喻为母亲,神话中的安泰是一位英雄,只要他身不离地,就能从大地母亲那里获得无穷力量,所向无敌;但只要他一离地,就立刻失去力量。大地像母亲一样赋予了安泰以力量。这个比喻实际上用于文艺与人民的关系也再贴切不过！这也是"人民是文艺之母"的真正意义所在。社会主义文艺的本质是人民的文艺，所以，它的社会责任必然是"自觉承担举旗帜、聚民心、育新人、兴文化、展形象的使命任务，弘扬主旋律，传播正能量"。其次，要坚持以优秀的作品鼓舞人，坚持"文人之笔，劝善惩恶"，在发挥文艺德育美育功能时，用有筋骨、有道德、有温度的作品鼓舞人民在黑暗面前不气馁、在困难面前不低头，用理性之光、正义之光、善良之光照亮生活，让人们看到美好、看到希望、看到梦想就在前方。再次，衡量文艺发展和繁荣的一个重要指标就是用文艺的力量温暖人、鼓舞人、启迪人，引导人们提升思想认识、文化修养、审美水准、道德水平，激励人们永葆积极向上的乐观心态和进取精神。习近平总书记指出："文艺创作的目的是引导人们找到思想的源泉、力量的源泉、快乐的源泉。清泉永远比淤泥更值得拥有，光明永远比黑暗更值得歌颂。"这里就有文艺道德的判断、选择和规范的作用。"人民有信仰，民族有希望，国家有力量"，这就是"爱国""为民"的辩证统一关系。

四、坚持"爱国为民"的审美价值取向

坚持"爱国为民"还必须做到忠于祖国、忠于人民，拥护中国共产党的领导和中国特色社会主义制度。邓小平同志曾经深刻而尖锐地指出："难道祖国是抽象的吗？不爱共产党领导的社会主义新中国，爱什么呢？"习近平总书记强调，"弘扬爱国主义精神，必须坚持爱国主义和社会主义相统一"，"必须维护祖国统一和民族团结"，"只有坚持爱国和爱党、爱社会主义相统一，爱国主义才是鲜活的、真实的，这是当代中国爱国主义精神最重要的体现"。因此，文艺的"二为"方向即文艺为人民服务、为社会主义服务，也可以理解为是"爱国为民"的同义语，是它的思想纲领和道德引领。践行"爱国为民"是文艺工作者坚持文艺"二为"方向的道德准则和伦理规范。其中一项重要的任务就是进行无愧于时代的文艺创造，加强现实题材创作，不断推出讴歌党、讴歌祖国、讴歌人民、讴歌英雄的精品力作。

胸怀"国之大者"，心系民族复兴伟业，是坚持"爱国为民"的审美价值取向的根本要务。中国文艺传统上就

追求立德、立功、立言。这也是文艺界"奋进新征程，建功新时代"的原初文化动力。"文化兴则国家兴，文化强则民族强。"文化的兴盛与国家兴旺紧密地联系在一起，文化强国是国家强大的重要一维；文化的强盛是一个民族坚强不屈、精神强大的有力支撑；文化的创新塑造和展现了一个民族的想象力。这些都是时代赋予文化前所未有的巨大责任和使命。

爱国基于知国懂史。弘扬爱国主义精神，必须尊重和传承中华民族历史和优秀文化。文化是民族的血脉，是人民的精神家园。中华文化源远流长，积淀着中华民族最深层次的精神追求，代表着中华民族独特的精神标识，是中华民族的精神命脉，为中华民族生生不息、发展壮大提供了丰厚滋养。在中国百万年的人类史、一万年的文化史、五千多年的文明史中，产生了一大批深刻影响人类文明进程的发明创造，诞生了一大批伟大的思想巨匠，创作了《诗经》《楚辞》、汉赋、唐诗、宋词、元曲、明清小说等杰出文艺作品，传承了《格萨尔》《玛纳斯》《江格尔》等鸿篇巨制式的英雄史诗，建造了万里长城、千里大运河、千年都江堰、恢宏故宫、巍峨布达拉宫等宏伟工程和宫殿，开凿了千佛洞、敦煌莫高窟、云冈石窟、龙门石窟、麦积山石窟、大足石刻、乐山大佛等佛教艺术经典杰作，留下了岩画艺术、彩陶艺术、三星堆青铜艺术、兵马俑造像、唐三彩陶艺、古典园林、书法、戏曲艺术等美轮美奂的造型和表演。这是中国历史的文化厚度，也是中国文化的文明高度。中国的未来正是在这样的历史和文化基础上向前延伸的，所以，中国共产党领导全体中国人民，将坚持把马克思主义基本原理同中国具体实际相结合、同中华优秀传统文化相结合，加强对中华优秀传统文化的挖掘和阐发，使中华民族最基本的文化基因同当代中国文化相适应、同现代社会相协调，激活其内在的强大生命力。在这个波澜壮阔的文化事业中，文艺工作者发扬爱国为民、崇德尚艺的优良传统，必将以大美之艺绘时代盛景、写传世之作、铸文艺高峰。

以新的文艺创造坚定文化自信

王一川

北京师范大学文艺学研究中心教授
中国文艺评论家协会副主席

六十多年前,上海音乐学院在校大学生何占豪、陈钢等,独出心裁地尝试以西洋乐器组合和协奏曲式结构去演绎中国地方戏之一的越剧曲调,并在此前所未有的中西融合新形式中讲述他们采撷自民间的梁山伯与祝英台的爱情悲剧传说,创作出催人泪下、感人至深的小提琴协奏曲《梁山伯与祝英台》,一举蜚声海内外,成功实现了中国古典文化传统与西洋乐器珠联璧合般的交融。这一后来被誉为

"古为今用、洋为中用"的经典范例的作品，至今仍能激发起一代代听众对于我们民族自身文化传统的高度信心。这样的创作实例，在当前文艺界早已数不胜数，突出说明：在当代中国做一名文艺工作者（文艺家、文艺研究者和管理者等），正像在其他任何文化行业一样，应当有一种基本的职业道德素养，这就是以新的文艺创造坚定文化自信，既包括观众也包括文艺工作者自己的文化自信。

习近平总书记《在中国文联十大、中国作协九大开幕式上的讲话》中对文化自信的内涵和文艺工作者的任务作了清楚的规定："广大文艺工作者要善于从中华文化宝库中萃取精华、汲取能量，保持对自身文化理想、文化价值的高度信心，保持对自身文化生命力、创造力的高度信心，使自己的作品成为激励中国人民和中华民族不断前行的精神力量。"他强调这种文化自信"是更基础、更广泛、更深厚的自信，是更基本、更深沉、更持久的力量"。特别是对于文艺工作者来说，"没有文化自信，不可能写出有骨气、有个性、有神采的作品"。可见，文化自信是当代中国文艺工作者必备的职业道德素养，它要求依托中华历史自觉，对中华文化传统及其丰厚资源持有充分信心，对中华文化价值的创造性和影响力葆有高度信心，并且自觉地让自己创作的作品成为坚定观众以及自己的文化自信的强有力的精神力量。

一、史家之心：历史自觉是文化自信的基础

在当下谈论文化自信，有着具体的针对性。回望鸦片战争以来中国近现代历史，置身于当今世界多元文化及其价值观之间的剧烈震荡和激烈交锋中，我们的文艺工作者还能对我们自身的历史和文化保持起码的信心吗？我们还能在国外诸种文化浪潮的强大冲击和巨大诱惑面前保持足够的定力吗？我们还能在外来异质文化的百般引诱下保持坚定立场而不致被带偏节奏吗？

说到底，文化自信应当建立在宽厚而坚实的基础上，这就是历史自觉，即对中华民族历史及其独特的世界文明特色持有清醒而坚定的自我认识和自我信心。鲁迅在1934年批评过一种错误态度：先是"自夸"，后来改为相信"国联"，再后来既失掉"自信力"、也失掉"他信力"，变得"自欺"、变态发展"自欺力"，其具体表现就是"求神拜佛，怀古伤今"。但他同时强调，"我们有并不失掉自信力的中

国人在",具体表现为"我们从古以来,就有埋头苦干的人,有拼命硬干的人,有为民请命的人,有舍身求法的人,……虽是等于为帝王将相作家谱的所谓'正史',也往往掩不住他们的光耀,这就是中国的脊梁"。中国历史上诚然有过深陷危机的时日和惨状,但重要的是看到那些坚强挺立的"筋骨和脊梁"式的人物,他们身上承载着中华民族历史的重量和希望,并且实际做出过大义凛然、力挽狂澜或中流砥柱般的民族伟业。只有首先强化我们的历史自觉,深刻认识和领会中国历史上的"筋骨和脊梁"及其"光耀",才会在此基础上牢固树立起坚定的文化自信。

由此可以说,文艺工作者诚然不是史家,不一定像唐代刘知几所要求的那样具备"史家三长",即"史才""史学"和"史识",但应当具备必要的史家之心,形成历史自觉。这种史家之心或历史自觉,意味着要自觉地了解、熟悉和崇尚我们民族自身的历史演变轨迹以及历史传统遗韵,以便让它们真正成为我们进行文艺创作的宝贵资源。

这样的史家之心,简要说来应当包含三个方面:一是对数千年中华民族历史有着充足的自我识别和觉悟;二是对近现代以来中国人民开创的"中国式现代化道路",以及创造的"人类文明新形态"有着高度的自我觉察和确认;

三是对当前和未来中华民族的历史和文明创造有着清醒的自我洞悉和热烈憧憬。在当前,相较而言,后两者变得更加迫切而要紧。当中国古代史业已成为我们民族的引以为傲的久远传统及遗存时,正是继续向前奔涌的"中国式现代化道路"和"人类文明新形态",即中国现代文明史,已经和正在构成我们据以产生历史自觉和自豪的新型生活主流,而正在不断地从未来变成已来的中华民族复兴的前景将成为我们奋勇向前的信心和力量之源。我们的文化自信,就应当屹立在这样的既往中华古代历史、现代历史和未来历史之间交相辉映和共同形塑的坚实根基上。

二、"文心"之源:文化自信的丰厚资源

拥有史家之心的文艺工作者,更能形成文化自信,因而更能涵养成中国文艺家所需要的创造的心灵,即"文心"。按照刘勰等古代文艺家的论述,"文心"正代表了属于中华民族的个体心灵对于天地人在其运行中所形成的斑纹图式及其精华的深切领悟和创意渴望,如今可将其推演为具体的声文、舞文、言文、戏文、画文、书文、影文等,从

而形成音乐之文、舞蹈之文、文学之文、戏曲之文、绘画之文、书法之文、电影之文等。对于当代文艺家来说,坚定文化自信正具体表现为涵养自身的"文心"。在这方面,中国有着丰厚的传统资源。

首先是古典文化传统资源。这是数千年中华历史形成和馈赠的深厚传统底蕴,它通过先秦《诗经》、诸子散文和《楚辞》,两汉乐府民歌,"魏晋风度","盛唐之音","宋型文化",元曲,明清小说等,滋养着一代代文艺家及其文艺高峰创作,创造出在世界上独一无二和独放异彩的中华古代文明。

其次是现代文化传统资源。这是在中华古代文明遭遇深重危机时面向现代生活而展开的筚路蓝缕的崭新创造。它虽然时间长度不过百余年,但已经产生了享誉中外的一大批现代文艺家,他们中有鲁迅、郭沫若、茅盾、巴金、老舍、曹禺、冰心、沈从文、艾青、丁玲、赵树理等文学家,吴昌硕、齐白石、黄宾虹、徐悲鸿、傅抱石、潘天寿等美术家,欧阳予倩、田汉等戏剧家,聂耳、冼星海等音乐家,张石川、郑正秋、洪深、夏衍、袁牧之、费穆等电影家。

再次是与上述现代文化传统资源紧密交融而无法截然分离的现代革命文化传统和当代社会主义文化传统资源。

特别是在毛泽东《在延安文艺座谈会上的讲话》的指引下，中国文艺确立了新的"文艺为人民服务"方向和形成了"人民文艺"新传统，通过解放区文艺和社会主义时代文艺的史无前例的革命化、现代化和大众化创造，产生了歌剧《白毛女》，小说《太阳照在桑干河上》和《暴风骤雨》，"三红一创青山林保"（即《红旗谱》《红日》《红岩》《创业史》《青春之歌》《山乡巨变》《林海雪原》《保卫延安》），大型音乐舞蹈史诗《东方红》等至今仍然闪耀光彩的现代革命文艺经典。

最后，还应当看到，近现代以来我们以对外开放的宽阔胸襟和主动姿态，所包容和吸纳的世界各国的外来型文化，例如希腊神话和史诗，希腊雕塑，文艺复兴文艺，以及浪漫主义、现实主义、现代主义、后现代主义等文艺思潮，还有"美学""美的艺术""艺术史"等文艺理论，它们作为来自异文化的"他山之石"，已经和将要继续对于我们文化自信的养成起到不可替代的镜鉴作用。

三、"文心"的涵养：文化自信的自我要求

面对上述多样而丰厚的文化传统及外来型文化，文艺工作者需要主动制订相关自我要求，并且始终不渝地践行，才可能将它们转化为能够涵养文化自信的有效资源。

首先需要保持主见，以我为主地面对和梳理所有的传统资源和外来影响。这些资源无论多么美妙、多么迷人，都不能代替我们凭借自身主体性而对它们进行的主动或自觉的认识、理解、加工和改造。因为只有通过这种有主见的主体性作为，它们才能真正转变为我们的新的文艺创造的宝贵资源。

进一步说，需要按照创造性转化和创新性发展的策略，对所有传统和外来影响都加以甄别、检视和改造，让其服务于当代文艺的新的创造性需要。假如只知复述甚至照搬，那就只能产生仿制品，而不会有新的自主创造。

这就要求文艺家有明确的价值观立场。毛泽东在1938年给鲁迅艺术学院师生作的演讲中，发出成为"伟大的艺术家"的号召。他提出了以下三个条件："远大的理想""丰富的生活经验"和"良好的艺术技巧"。将这三个条件同毛泽东随后《在延安文艺座谈会上的讲话》中阐发的"文

艺为人民服务"的方向等思想结合起来理解可知，文艺家在面对各种传统资源时，需要以人民的立场和感情、以为人民大众服务的目标为引领，将"远大的理想""丰富的生活经验"和"良好的艺术技巧"结合起来，成为从事新的文艺创造的自我要求。

四、文艺作品：文化自信的标志物及其创作途径

文艺家是否拥有"文心"、坚定文化自信，固然可以看其基本的和一贯的创作态度及创作思想，但归根到底还是要看其创作的文艺作品。当文艺作品凭借自身的艺术媒介、艺术符号、艺术形式、艺术形象、艺术品质和艺术余兴等多层面意义及其美学成就，确实呈现出对于本民族历史的高度自觉和对于本民族文化传统的充分自信等内涵时，才是文艺家坚定文化自信的真正标志物。因此，文艺作品，准确地说，文艺佳作，是检验文化自信的基本标志物。离开了文艺作品的检验，空话说得再多，高调唱得再响，也都无济于事。值得注意的是，近年来国际国内出现了一些流行文艺风潮或时尚趣味，例如调侃崇高、扭曲经

典、颠覆历史、丑化群众和英雄等，它们都与文化自信背道而驰，应当坚决抵制。

这就要求文艺家在自己创作的作品中，自觉和主动地创造出足以保持和增强文化自信的艺术形式和艺术意义等符号表意系统，再通过观众的共鸣性鉴赏，实际地促进他们树立或增强文化自信，并且反过来帮助文艺家自己增强文化自信。在当代，文艺工作者如何创作才能有力地传达文化自信之声呢？简要地看，大约有三条文艺创作途径可以通向文化自信。

最主要的一条途径可以称为引创型途径。这是在引进和借鉴世界各国优秀文艺成果的基础上展开的中国现代文艺创造之路。中国文艺家基于本土现代社会生活体验和社会历史变革的表达需要，以鲁迅所说的"别求新声于异邦"的开放精神和"拿来主义"的自主选择姿态，大胆引进和借鉴现代小说、现代诗、话剧、交响乐、歌剧、舞剧、芭蕾、油画、电影和电视剧等外来文艺门类或样式，从事现代中国文艺的新创造，诞生了鲁迅的《呐喊》《彷徨》《野草》，老舍的《骆驼祥子》和《茶馆》，徐悲鸿的《田横五百士》和《巴人汲水图》，曹禺的《雷雨》和《北京人》，大型合唱声乐套曲《黄河大合唱》，歌剧《白毛女》，小提琴协奏曲《梁山伯与祝英台》，芭蕾舞剧《红色娘子军》等中国现代文艺杰作或佳作。这些作品伴随"中国式现代化道路"的演进而汇合成为现代中国文艺创作的主流，百余年来有力地培育和增强了一代代中国观众的文化自信。

再有一条途径可以称为传创型途径，即传承本土艺术传统而展开的创造之路。它虽然无法形成以上途径那样波澜壮阔的盛大规模，但小巧精致和意味深长地起到了在现代条件下延续古典文艺的博大精深底蕴和深广文脉的重要作用。吴昌硕、齐白石、黄宾虹、傅抱石、潘天寿、张恨水、汪曾祺等画家和文学家，以他们各自的方式向现代观众传达中国古典文艺传统和文化传统的深厚魅力，同样有助于提升文化自信。

最后还需要提及的一条途径为移创型途径。这是一条纵向地复演或改编古代文艺作品，以及横向地复演或改编外国优秀文艺作品的路径。前者如《西厢记》《牡丹亭》《水浒传》《西游记》《红楼梦》等，后者如《李尔王》《天鹅湖》《茶花女》《图兰朵》等。这些复演和改编的作品，虽然其创造性力度和强度无法同上述提及的引创型作品和传创型作品相比，但其毕竟也有某种程度的二度创造性或再造性，因为现代人需要跨越漫长的时空距离、民族界限、时代隔阁或"文化折扣"等，才能尽力贴近地理解古人或外国人，找到学习、理解和鉴赏其作品价值的途径。这样，移植型作品也应当有助于演员和观众分别去学习、感受和品味本民族文化传统的魅力和外来优秀文化的借鉴价值，在开放、有主见地了解和掌握古今中外人民创造的优秀文艺遗产基础上，不断地提升和增强自身的文化自信。

这些创作途径之间虽有不同，但实际上相互渗透和交融，有时难以清晰区分，它们共同构成了当代文艺工作者创作文艺作品、坚定文化自信的主要途径，也反映出文艺趣味的丰富性和文化资源的多彩多姿。沿着这样的多种途径去继续展开新生活境遇下新的文艺创造，向观众奉献出新的原创佳作，无疑正是坚定文化自信的必由之路。

潜心耕耘
勇攀艺术创作高峰

冯双白

中国舞蹈家协会主席

为更好地贯彻落实习近平总书记关于文艺工作的重要论述,特别是习近平总书记在中国文联十一大、中国作协十大开幕式上的重要讲话精神,中国文联主持修订了最新版的《中国文艺工作者职业道德公约》(以下简称《公约》)。这是中国文联在新形势下为完成党的宣传思想工作举旗帜、聚民心、育新人、兴文化、展形象之使命任务而实施的重大行动,是对全国文艺工作者的一次动员和号召,具有很强的理论指导性和实践操作性。为进一步突出习近平总书记关于文艺创作是中心任务的讲话精神，新版《公约》明确把"潜心创作耕耘"作为专门一条进行表述，强调指出："坚守人民立场，始终坚持以人民为中心的创作导向，树立精品意识，深入生活、扎根人民，增强脚力、眼力、脑力、笔力，坚持思想精深、艺术精湛、制作精良相统一，积极投身现实题材创作，讴歌党、讴歌祖国、讴歌人民、讴歌英雄，创作满足人民文化需求和增强人民精神力量的精品力作，书写生生不息的人民史诗，勇攀艺术高峰。坚决抵制粗制滥造、抄袭跟风，反对唯票房、唯流量、唯收视率。"

职业道德是社会公民在自己的职业生涯中所要遵循的带有普遍制约性质的道德规范。它紧密联系着各行各业的职业特点，是行业自律的显要内容，是每一个从业者在职业岗位上所遵循的道德准则、道德情操与道德品质的总和。从潜心耕耘的角度出发，积极践行新版《中国文艺工作者职业道德公约》，希望每一个文艺工作者从以下三个方面开始深思：

一、潜心耕耘，必要心系人民，自觉自愿地为人民放歌

习近平总书记多次告诫文艺工作者，在艺术创作中要始终坚持以人民为中心的创作导向。他在中国文联十一大、中国作协十大开幕式上强调指出，"源于人民、为了人民、属于人民，是社会主义文艺的根本立场，也是社会主义文艺繁荣发展的动力所在"；"文艺要对人民创造历史的伟大进程给予最热情的赞颂，对一切为中华民族伟大复兴奋斗的拼搏者、一切为人民牺牲奉献的英雄们给予最深情的褒扬"。坚守人民立场，书写生生不息的人民史诗，是习近平总书记对文艺工作者的殷切希望。

然而，文艺工作者要想真正做到潜心创作，在人民大众的生活沃土上细心耕耘，并非易事。在"文艺为什么人"的问题上，有人认识模糊、立场游移，认为文艺创作这个职业带有强烈的个人色彩，个人想写什么就写什么，私人创作与人民无关；还有人认为，文艺创作这个职业离不开个人的经验和操作，往往自恃才华而鄙视底层，因此热衷于写一己悲欢、杯水风波。这些创作严重脱离大众和社会现实，距离人民的生活很远而不自知其病入膏肓，其根源

在于对文艺作品之人民性认识偏颇，甚至不自觉地抵触和疏离。

为谁创作、为谁立言是文艺创作的根本问题。人民群众是历史的创造者，是推动时代发展的根本力量，文艺创作从本质上说，就是要坚持"以人民为中心"的创作导向，就是要深入生活、扎根人民、抒写人民、歌颂人民，这是我国社会主义文艺发展的必然要求。那些青史留名的文艺大家，无不是拥有人民大情怀和社会大责任心的人，他们用自己的创作为天地立心、为生民立命、为往圣继绝学、为万世开太平，将艺术之小我与人民大众融合为一，为中华精神文明大厦添砖增瓦。著名诗人艾青用泪水作墨汁写下了："大堰河，今天，你的乳儿是在狱里，写着一首呈给你的赞美诗，呈给你黄土下紫色的灵魂"，深情赞美朴实善良的底层人民。魏巍用精准的散文笔触轻轻告诉我们，在享受和平美好生活时，"请再深深地爱我们的战士吧，他们确实是我们最可爱的人"。反映脱贫攻坚战的电视连续剧《山海情》播出后广受赞扬，媒体评论：因为"通过高级化的影视语言记录了脱贫攻坚的真实，又摆脱了卖惨之后再强行煽情的苦情底色，整部作品在写实的基调中融入了昂扬和喜感"，"在艺术表现力上打破了此类题材的瓶颈,它以高能剧情和抓人节奏展开叙事,作品的魅力更多还来自于生动真实的时代群像"。为人民写作,应该成为文艺家永无止境的艺术追求。只有对人民怀有一份最真诚的爱,才能真正自觉自愿地扎根人民、深入生活,让自己的情感和思想与人民紧密相连,从而为自己的职业生涯注入源源不断的活力。

二、潜心耕耘,必须确立精品意识,努力攀登艺术高峰

潜心耕耘,勇攀艺术创作的高峰,是一条充满艰辛的路,既有挑战,更有无限风光在险峰的激励和期许。正是因为艺术高峰具有挑战性和荣耀性,才构成了文艺工作者职业生涯中的重要标识。要判断何为高峰,直接涉及艺术评判的标准,涉及人们心中的精品意识。习近平总书记在2014年10月15日召开的文艺工作座谈会上发表重要讲话,其中就鲜明提出了文艺"精品之所以'精',就在于其思想精深、艺术精湛、制作精良";在党的十九大报告中,习近平总书记再次强调要"坚持思想精深、艺术精湛、制

作精良相统一"，不断推出精品力作。"三精"原则的提出，是对新时代历史条件下"什么是优秀文艺作品、创作什么样的优秀文艺作品"作出的创新性回答，闪耀着真理的光辉，为解决文艺创作"有'高原'缺'高峰'"的问题指出了一条阳光大道。

"三精"原则的提出，具有明确的现实意义。攀登高峰费时费力，因此有人就想尽办法捷足先登，完全不顾职业道德的禁忌，采用各种暗黑手段，为成名得利而为所欲为。2022年5月21日晚间，奥迪"小满"广告被指抄袭，一位抖音博主发布视频，将自己的原创诗句和文案与奥迪新广告片进行逐句对比。网友纷纷评论："哪是什么抄袭啊，简直是复制粘贴。"2022年央视春晚舞台上的爆款作品《只此青绿》，因其独特的审美风格和卓绝的艺术形象大受观众追捧，热度空前。不料马上就有人模仿抄袭，造成严重抄袭传播事件，侵犯了主创团队的合法权益。原创导演说："里面的动作以及服装都和《只此青绿》极为相似！"有人还严厉批评了这种违反《中华人民共和国著作权法》的抄袭乱象。2020年12月21日，一百多位影视编剧、导演、制片人、作家联合署名发表题为《抄袭剽窃者不应成为榜样！》的致媒体公开信，呼吁严厉打击和惩处文艺创作上的抄袭、剽窃、融梗等行为，拒绝有劣迹且不加悔改的创作人，不给抄袭剽窃者提供舞台，将他们从公众媒体中驱逐出去。

文艺工作者的职业道德，是一种有底线的约束。从潜心耕耘、攀登艺术创作高峰的角度看，特别要认识到杜绝和抵制抄袭模仿是一条职业底线。《人民日报》曾发文指出：文艺上炒剩饭、抄袭模仿、千篇一律的做法，那些机械化生产、快餐式消费的作品还较普遍。艺术创作是要付出巨大心血的创造性工作，千人一面就无法独领风骚，攀登高峰必须敢为天下先。文艺发展的历史告诉我们，一个时代文艺繁荣的重要标志是具有独特艺术个性的大家和独具艺术个性的佳作大量涌现。被称为"诗圣"的唐代著名诗人杜甫，其作品题材广泛，寄意深远，尤其描述民间疾苦，多抒发他悲天悯人的仁民爱物、忧国忧民情怀，他以诗言此志："为人性僻耽佳句，语不惊人死不休。"为了独步天下，一些诗人甚至达到了"苦吟"的地步，例如卢延让说自己"吟安一个字，捻断数茎须"；被宋代大文豪苏轼称为"郊寒岛瘦"的孟郊与贾岛，都是苦吟派的代表人物，前者有"夜学晓未休，苦吟神鬼愁"，后者有"两句三年得，一吟双泪流"，都在说苦吟炼字的艰辛。从文艺行业职业道德的角度说，坚决且自觉地杜绝跟风与克隆，在创作中追求艺术创新，是攀登文艺高峰的必由之路，迫切需要每一个文艺创作者高度重视。

三、潜心耕耘，必定三省吾身，在文化市场大潮中牢记灵魂工程师的时代使命

"凡作传世之文者，必先有可以传世之心。"习近平总书记谆谆教导我们要牢记文艺是人类灵魂工程师的职责和使命，让自己的艺术工作成为培根铸魂的有力武器。创作思想精深、意境高远的作品，要求创作者自己要有崇高的思想境界。这样的境界来自日常的修为。因此我们强调，文艺工作者要严守职业道德——修私德、讲公德、树艺德。

当代文艺的发展面临着市场经济的大环境。如果忘记了灵魂工程师的职责和使命，很容易迷失方向而不知不觉地向金钱至上的漩涡中沦陷。例如，"粉丝经济"是当前文化娱乐产业的一个重要现象。有数据显示，36%的粉丝表示愿意为偶像每个月花100元至500元，相关领域市场规模高达900亿元。因此，流量至上成为当前文化娱乐领

域的一个顽疾。只要认真分析就可以得知,通过流量博取关注,再转而用各种办法将流量"变现",其实是演艺圈很多违法失德行为的底层逻辑和价值追求。既然有利可图,也就不乏违规操作骗取流量之行为。国家互联网信息办公室负责人曾经尖锐地指出:在治理工作中发现,流量造假、黑公关、网络水军,是很多网上乱象的源头,严重地影响了网络秩序,危害了网络生态。有的流量造假被清理之后,又通过拼音、谐音、暗语等方式冒头;有的群组被解散以后,又改头换面,卷土重来。有文艺评论深刻地指出:"泛娱乐化,操纵'饭圈'文化,宣扬'娘炮'的畸形审美,恶俗作秀博出位,煽动对立情绪,炒作绯闻隐私,炮制低俗'网红',打未成年人的主意……背后无非都是在打流量的算盘。"

有的舞台或影视作品,单纯追求票房,用明星颜值作为唯一支撑,完全忽略艺术创作的真谛。有的"小鲜肉"没有艺术基本功,却被资本捧上天;为了尽快赚钱,他们一天到晚赶场子,面对摄像机镜头只顾卖弄自己的皮相,完全忽略人物形象的艺术塑造,甚至不说台词,仅靠动动嘴皮子糊弄了事,后期再找人配音对口型,结果让作品没有丝毫艺术感染力。灵魂工程师的责任被置之脑后,文艺创作沦为资本的玩物。总而言之，唯流量和假票房，成为当前文艺创作急功近利、浮躁之风的表现。正是因为急于求成、急于变现，才会追求流量即钞票的"致富"歪门邪道。

对此种职业道德方面的失德行为，我们必须坚决反对！我们呼唤大家遵守市场经济法律法规，倡导诚信和法治观念，培根铸魂，从我做起。文艺工作者，特别是流量明星，应该理性对待粉丝热情，引导粉丝合理消费，同时将明星效应转化为提升文艺作品质量的切实动作，用文理兼备的作品知名度和美誉度推动社会进步，如此才能更好体现"粉丝经济"的流量价值。在这个方面，从事文艺工作的人应该以严守职业道德的态度认真履行《公约》的精神。优质流量明星应当发挥更加自律、更有担当、更具表率的作用。习近平总书记在文艺工作座谈会上严肃地强调指出："文艺不能在市场经济大潮中迷失方向。"文艺作品以审美的观照方式对待世界，通过塑造艺术形象来表达艺术家对社会生活的种种认识，作品的内在精神力量里渗透着道德的价值判断，创造出的艺术形象应该是真善美的和谐统一，才能完成灵魂工程师的任务。文艺工作者应牢记习近平总书记的教诲，不当市场的奴隶，而是把文艺创作的社会效益与市场效益统一起来，把高举精神火炬的历史责任记在心头,落在脚下。岳飞的《满江红》里那脍炙人口的诗句,"壮志饥餐胡虏肉,笑谈渴饮匈奴血。待从头、收拾旧山河,朝天阙",映照着他强烈的、爱憎分明的民族大义和情感;文天祥之所以为后世留下"人生自古谁无死,留取丹心照汗青"的千古绝唱,与他顶天立地的浩然正气一脉相通。艺术家的精神底色和追求、人品和修养,最终会影响作品的品相和品格,也必然要经受历史和社会的检验。书法界认为,从单纯的书法技法而言,史料中的文字对秦桧、蔡京的书法虽没否定,甚或某方面评价也很高,但因其灵魂龌龊,却为业界与世人所不齿。即使是对书画大家的评价,也会与他们的人品与艺品并列而论,人品之瑕疵,最终会影响对其作品的历史评价。这说明,文艺史的衡量标尺上,人品处于至关重要的地位。

自觉遵守《公约》,大力加强以"爱国、为民、崇德、尚艺"为核心的文艺工作者职业道德建设和文艺行风建设,是文艺界深入学习贯彻习近平新时代中国特色社会主义思想,特别是深入学习贯彻习近平总书记关于文艺工作的重要论述,落实中央关于文艺工作决策部署的重要举措。广大文艺工作者应牢记初心使命,积极践行社会主义核心价值观,积极践行《公约》,把《公约》落到实处,从脚下起步,加强自身修养，弘扬职业精神，规范职业行为，树立良好社会形象，繁荣发展社会主义文艺。《公约》是文艺工作者加强思想政治引领、价值引领、道德引领的自律要求，具有鲜明的实践性。当前的主要问题，就是要"知行合一"，一起把《公约》付诸实际行动！

坚定理想 弘扬正道 持之以恒追求 德艺双馨艺术道路

郝 戎

中央戏剧学院院长

文艺是时代前进的号角,最能代表一个时代的风貌,最能引领一个时代的风气。实现中华民族伟大复兴,文化艺术的繁荣是重要标志之一。实现民族复兴的伟大梦想,需要广大文艺工作者勠力同心,需要艺术家心怀"国之大者""以人民为中心",对党、对祖国和人民怀有深厚的感情,对生活抱以极大的热情。如习近平总书记所言,"打铁还需自身硬",只有德才兼备、德艺双馨的文艺工作者,才能创作出具有艺术价值和鲜明时代特征的"高峰"文艺作品,才能肩负起"最能引领一个时代的风气"的使命。

德艺双馨需要文艺工作者德才兼备。德,是文艺工作者必须追求的职业精神;艺,是艺术家必须掌握的专业素养与文化修养。二者相辅相成,你中有我,我中有你,是文艺工作者职业道德规范"一个事物的两个方面",互为整体,不可割裂。

对文艺工作者的职业道德规范自古有之。在古代梨园行就有"艺高不如德高"之说,近现代戏曲理论家齐如山在《戏班》"序"中指出:"夫治学术者,必先通其指归。治恒业者,必先详其度制。"戏剧界有句老话叫做"戏比天大",强调的就是从业者要尊重作品、尊重观众、尊重艺术规律,时刻恪守文艺为人民群众服务的准则。党的十八大以来,习近平总书记多次就文艺工作发表重要讲话,为新时代文艺工作者的成长指明了方向。

中国文联此次发布《中国文艺工作者职业道德公约（修订稿）》,恰逢其时,具有重要的现实意义和时代意义。习近平总书记指出,新时代新征程是当代中国文艺的历史方位。作为文艺工作者,我们要走进新时代、走好新征程,深入学习贯彻习近平总书记关于文艺工作的重要论述,继承和发扬中华优秀传统文化,坚定理想,弘扬正道,追求德艺双馨的艺术道路。

一、胸怀远大理想,恪守职业精神

习近平总书记指出,"广大文艺工作者要把个人的道德修养、社会形象与作品的社会效果统一起来,坚守艺术理想,追求德艺双馨,努力以高尚的操守和文质兼美的作品,为历史存正气、为世人弘美德、为自身留清名"。作为一名合格的文艺工作者,对职业的尊重就是对自己的尊重,应该始终自觉葆有与文艺创作特性相符的职业精神与职业操守。坚守艺术理想和艺术良知,保持对艺术的敬畏之心和对专业的赤诚之心,敬业、勤业、立业,守正道、走大道,恪守文艺工作者的职业精神,才能实现艺术价值和人生价值。

演员赵丹一生的志向是建立"中国民族的表演艺术体系"。青年时期,他怀揣着对表演艺术的梦想,克服千难万险到莫斯科艺术剧院学习斯坦尼体系,途经新疆被军阀盛世才关押了五年,依然不改其志、不忘初心。正是这种对理想的坚守,塑造出他扮演民族英雄林则徐、共产党人许云峰的禀赋。1937年，大批心怀报国理想的进步文艺青年放弃城市优越的生活条件来到延安，以文艺作为武器投身抗日救国的洪流。1938年4月28日，毛泽东来到延安鲁迅艺术学院，对当时的鲁艺师生提出了期望：要有远大的理想，丰富的生活经验，良好的艺术技巧，缺少任何一个都不能成为伟大的艺术家。在抗日战争时期的广西桂林，后来成为中央戏剧学院首任院长的欧阳予倩和他的亲密战友田汉、瞿白音等组织领导了中国戏剧运动史上波澜壮阔的"西南剧展"。正所谓"壮绝神州戏剧兵，浩歌声里请长缨"！我们老一辈文艺工作者经受了战争的洗礼，经历过生活的磨难，胸怀远大理想和对艺术的不懈追求，真正做到了身体力行、德艺双馨。

二、加强专业素养，提高文化修养

习近平总书记指出，"文艺工作者要自觉坚守艺术理想，不断提高学养、涵养、修养，加强思想积累、知识储备、文化修养、艺术训练，努力做到'笼天地于形内，挫万物于笔端'。"作为文艺工作者，要不断提升专业素养和文化修养，提升自己的专业能力，为创作文艺精品、讲好中国故事打下坚实的基础。

1. 文艺工作者的专业素养是从事文艺工作的基础，是实现艺术价值的先决条件。

文艺工作者的专业素养，是作为从业者的修为、涵养，是由专业训练和艺术实践、创作实践以及社会实践而获得的专业技巧和专业能力。以表演艺术为例，其与数学、化学、物理等无二分别，均是严谨的学科门类。表演是一门神圣的职业，要从一名表演爱好者成长为一名表演艺术家，只有按照艺术教育的规律和艺术创作的规律，努力勤奋才能茁壮成长。因此，爱好表演艺术的朋友们一定要走出认识误区，并不是爱唱爱笑爱打爱闹就可以做演员。科学和艺术都是人类探索认知客观世界的手段，均有各自独立的、完整而缜密的规律及体系。艺术家和科学家一样，他们所取得的成就与造诣无一不是经过勤学苦练、苦心孤诣而取得的。没有捷径可走，只能遵循艺术创作的规律。

文艺工作者的专业素养，首先是要具备扎实的专业基本功。以话剧影视演员为例，基本功，顾名思义，就是演员从事表演创作最基础的技术能力。

第一，演员要熟练掌握台词基本功。语言，是演员塑造人物形象最直观、最有效的手段之一，台词处理的准确与否，直接决定了演员二度创作的成败。演员所说的台词是舞台语言，属于艺术语言的范畴。它来源于生活，但同时又高于生活，它是生活语言的艺术提炼，绝对不能简单地等同于生活语言。所以，作为艺术语言的台词，在演员的口中要做到："既真实，又有艺术夸张；既自然，又要有所修饰；既有内心感受，又要有鲜明体现；既使人感到如同生活般的亲切，又是一种引人入胜的艺术享受。"

第二，演员要具备扎实的形体基本功。形体基本功的训练，要充分解放演员的肢体，使其形体灵活协调，有柔韧度，具有形体可塑性；要达到"神形兼备，内外统一"，杜绝与内心体验无关的形体训练，使形体表现富有内涵。肢体可塑性最大限度的训练与开掘，就是重视开掘对人物内心感受的外部体现能力，增强形体表现力和可看性，使之具有视觉冲击力。

第三，演员要熟练掌握创造人物形象的基本功。创造人物形象要有正确的创作观念，杜绝刻意编造、曲解生活。不能用演员本人的主观意识替代作品人物对生活的态度和待人接物的方式，要深挖生活。对于作品中情节和人物的不理解不要轻言否定，要找到剧作家这么写的原因，要靠演员对生活、对角色的理解来合理创作，并用具体的艺术处理来弥补，这也是演员二度创作的重要内容。要从生活中来，不能违反生活常识。舞台上要表现的是生活中常见的人和事，不能去"演"生活中不常见的人和事，因为这种"不常见"，其实质并不是艺术的创造，而是典型的杜撰和虚假臆造。

总之，扎实的台词基本功和坚实的形体基本功都是为演员塑造人物形象服务的，同时在创作中要依托正确的创作观念，依据生活对作品形成正确理解，避免庸俗低级、格调不高。俗话说，"台上一分钟，台下十年功"。不重视基本功，就不可能成为艺术家，这是规律。基本功训练枯燥而乏味，练习量大，重复且单调。但是古今中外的演员名伶，无一不是"冬练三九，夏练三伏"。苦练基本功、拥有坚强的创作意志才是成功的前提和保障。艺术家也是技术家。美学家宗白华说过，艺术家的技术不只是服役于人生，而是表现着人生，流露出情感个性和人格的。

2. 文艺工作者的文化修养是从事艺术创作的保障，是决定其艺术之路能长远的必要条件。

"七一勋章"获得者、表演艺术家蓝天野曾经说过："比技巧更为重要的，是丰富的生活和文化修养。舞台上塑造人物深度如何，要看我们对生活所知的深度如何。"艺术创作不是技术熟练工，不能只靠技术、技巧吃饭。靠所谓娴熟技巧所"攒"出来的作品缺乏生活质感，缺乏生活深度和营造生活、创造形象的功力，人物单薄。只有不断加深创作者的文化修养，才能形成深刻的生活观和艺术观，才能从不同的视角理解生活、深入生活。通过生活中的种种表象而能看到"人"的本质，这是只有在深厚而广博的文化修养支撑下才能解决的问题。表演艺术的核心和对象永远是"人"，要揭示人的精神生活，要能够达到观众的审美标准，一切训练都是要围绕着塑造人物形象而服务的。

此外，一名合格的文艺工作者要有谦虚的学习态度和严谨的创作态度。生与死、爱与恨、战争与和平，是文艺作品永恒的三大主题。纵观古今中外，作品千千万，主题相同，内容却无一重复。所以说，文艺创作是把作品作为人类心理、情感、行为、欲望、动机的实验场。作为"实验者"的创作者，就应该具备深厚的文化修养和良好的职业素养，否则将难以驾驭这场"实验"。

　　文艺创作所涵盖的领域恰似浩瀚的海洋，需要探寻的未知领域的知识有很多。艺术家们的知识构架要广博繁杂。演员李保田曾说，演员拼到最后就是拼文化。石挥是中国近代横跨戏剧电影界编、导、演的伟大艺术家，被人们誉为"话剧皇帝"。成名前，他生活艰辛，混迹天桥，接触三教九流，当过车童，铲过煤，当过学徒……所以他熟悉社会最底层的生活，为后来的艺术创作积累了宝贵的生活素材。石挥说，他学艺的老师就是"天桥加京剧"。反观当下，社会发展了，人们的生活面却越来越窄了，跟别人接触的机会也少了，排戏之前也很少体验生活了，做演员的又能从哪里汲取生活的养分呢？我们要向老一辈艺术家学习，"以人民为中心"，热爱生活，兴趣广泛，积极向姊妹艺术学习，充分汲取戏剧、戏曲、影视、曲艺、音乐、绘画、文学等文艺门类的营养，开阔眼界，至少通过不同的艺术样式"间接"地体验生活，努力使自己的知识结构多样化，提升文化素养，使自己变成一个名副其实的"杂家"，为文艺创作积累丰富的生活素材。

　　演员于是之曾说："演员在台上一站，你的思想品德、文化修养、艺术水平，以及对角色的创造程度，什么也掩盖不住……因此，热爱生活、爱憎分明这一条很重要。演员必须至少是一个好人：忠诚老实，敢爱敢恨……他的感情是可以点火就着的……对生活玩世不恭、漠不关心，就不大能够演好戏。"很难想象一个生活中自私刻薄的人会在舞台上演好一个大公无私的角色。演员只要一上台，演员的素养就会暴露无余，正可谓"戏如其人"。所以，演员要养成特有的生活习惯，热爱生活，对生活敏感，善于观察生活，善于发现生活，善于感悟生活，善于透过生活的表象揭示本质。夸张地形容一下的话，演员要当一个"杂家"，就是"社会学家""心理学家""文学家""艺术家""哲学家"等等的总称，多么伟大的职业！与此同时，我们还要继承老一辈表演艺术家严谨、含蓄、质朴的作风。很多前辈艺术家，生活中含蓄、严谨、低调，丝毫没有所谓明星范儿，放到人堆里根本不显眼，可是他们一上舞台，便星光闪耀，艺术魅力令人折服。

综上所述，以表演艺术为例，演员的魅力是演员专业素养与文化修养的综合与总合。演员素养的形成，是需要时间周期的，也就是说，一个人的素质与修养是需要长期的、持之以恒的积累，不断地学习，不断地汲取各种文化的、社会的、艺术的养分，最终消化吸收，成为化在自己身上的一种高贵的艺术气质。它之所以高贵,是因为它是隐性的、内在的,看不见、摸不到、装不出来,但却能很强烈地感受到。演员气质正是这种通过天赋和后天经历与素养积累起来的美。演员的美,并不单指外表的漂亮,而是依靠内在素养,能够通过角色创造来满足观众的审美需求。没有素养就没有魅力,也就没有演员应有的优雅气质,于是"浅薄"便产生了。

蓝天野老师曾说:"搞艺术不能将就,要讲究。"斯坦尼斯拉夫斯基说,"要学会爱自己心中的艺术,而不是艺术中的自己""没有小角色,只有小演员""真实与朴实是天才的宝贵品质"。从这些艺术家的艺术观和创作观中不难看出,文艺创作是一件很神圣的事。只有放低自己,带着敬畏感努力学习,提升自己的文化修养,提高自己的专业素养,才能不断地进步。

三、脱离低级趣味,坚决反对"三俗"

作为以传播先进文化为己任的新时代文艺工作者,必定是脱离低级趣味的人。要自觉杜绝"三观"不正,坚决反对"三俗"。恩格斯说，一些人之所以"缺乏一种讲故事的人所必需的才能"，是"由于他们的整个世界观模糊不定的缘故"。这说明创作者主观因素的正确与否，对艺术创作的成败有着直接的重要影响。实践证明，艺术家如果脱离现实，把自己封闭在"自我意识"的小天地里，堵塞生活的源泉，其主观因素只能导致创作中对现实的歪曲，甚至为了经济利益迎合低俗，有的则闭门造车，臆造生活。实际上，某些创作者提出的所谓"充分的个性表达"是与真正的艺术规律背道而驰的。反之，艺术家如果没有积极的正确的主观因素作指导，要从充满着矛盾的错综复杂的各种现象中去挖掘和概括生活的本质，塑造出典型的艺术形象是根本不可能的。

马克思说文学作品应该是"诗情画意的镜子"，恩格斯认为作家应该对生活做"富于诗意的裁判"，艺术家的主观审美情感是表现艺术美的不可缺少的因素。艺术美是客观生活美（对象自身的美）与艺术家主观的审美情感相融合的结晶。

要尊重艺术，反对享乐主义和极端个人主义。作为一名合格的文艺工作者，要热爱自己所从事的事业，要有敬畏心，必须要根绝一些陋习：懒惰、任性、冷漠、自私、爱迟到、不认真记台词、没有团队精神、不善于和别人合作、不真诚、不虚心、自以为是、耍小聪明、对生活不敏感、和角色没感情、不把排练场当殿堂、不尊重他人、只爱自己。杜绝这些作风不正的陋习，文艺工作者才能脱离低级趣味，走向德艺双馨的艺术道路，成为一个高尚的人、一个有益于人民的人。

总之，优秀艺术家一定是走在时代前列的思想者，文艺作品应当真实、鲜明、准确、艺术地表现时代特点，体现出时代精神。当代优秀的文艺作品应当是高度的思想性、深刻的历史（生活）真实性，同生动的艺术性三者完美的结合，即真善美的完美统一。在日新月异的新时代，我们文艺工作者应该以怎样的精神面貌进行艺术创作，这是一个需要我们保持清醒头脑并不断自省的重大课题。为此，我们要深入学习习近平总书记关于文艺工作的重要论述，自觉弘扬并践行社会主义核心价值观，讲品位讲格调讲责任、抵制低俗庸俗媚俗，始终把社会效益放在首位，加强职业素养与文化修养，扎根中国大地，用艺术特有的方式反映时代生活、人民生活，讲好中国故事，服务于人民，追求德艺双馨，做有信仰、有情怀、有担当的新时代文艺工作者。

倡导团结向上
营造天朗气清的文艺风气

张德祥
中国文艺评论家协会副主席

2022年3月，中国文联发布《中国文艺工作者职业道德公约（修订稿）》，第五条明确"倡导团结向上"。文艺工作者是一支文艺队伍，是建设社会主义文化强国的重要力量。习近平总书记指出，"实践充分证明，广大文艺工作者心怀祖国人民、响应时代召唤、追求艺术理想，是一支有智慧有才情、敢担当敢创新、可信赖可依靠的队伍"。是队伍，就需要团结，团结起来力量大，这是最朴素的道理。"团结向上",也就自然成为文艺队伍中最朴素的道德要求。

一、虚怀若谷以增强团结向上的主动性

俗话说,文无第一,武无第二。比武也好,体育比赛也罢,以胜负计,亦可量计,总能比出个高低,分出一二,令人信服,争议不多。但文艺不是技能比赛,无法直接对阵,所以不可能像比武那样一目了然、直截了当地分出一二。何况文艺不仅有技艺因素,更有思想意识、价值观、立场、境界等精神内涵,无法量化比较,这也是不能机械地分出一二的原因,所以有"文无第一"的说法。正因为如此,文人之间常互不服气,多是感到自己的文章最好。古人发现,"文人相轻"是一个常见现象。"文非一体,鲜能备善,是以各以所长,相轻所短。里语曰:'家有敝帚,享之千金'。斯不自见之患也。"这种"不自见之患",容易成为文人之间不和谐甚至不团结的潜在因素。就算是现代文艺史上,因为文艺家的立场、价值观、性格、文风、才情等差异,形成不同的门派甚至宗派,意气用事,互不

买账甚至相互诋毁,从笔墨官司到人格诬蔑,也时有发生,造成文艺界的种种裂痕,给文艺发展带来不利影响。因此可以说,倡导团结向上,作为新时代文艺家的道德风尚,是在与时代共同进步。"文人相轻"是因为"不自见",宗派主义是因为小家子气,是狭隘观念的表现形式。人贵有自知之明。要形成团结的风气,首先要从主观上超越"不自见"的遮蔽,超越狭隘的门户偏见,放宽眼界,虚怀若谷,提升道德境界,见贤思齐,转益多师。这样,不仅有利于团结,还有利于向上,把以己所长轻人所短变为取他人所长补自己所短,互学互鉴,增益所不能,必然会提高自己的艺术创造能力。谦虚使人进步,这是道德的精神力量所致。谦受益,满招损,对才华横溢的文艺家亦不例外,甚至越是"横溢"越要戒"满"。所以,风物长宜放眼量,开阔心胸,能够增强团结向上的主动性。

传统的文艺创作大多是个体劳动,诸如诗词歌赋画、吹拉弹唱吟,己之所好,好自为之,乐在其中。但随着社会的现代化发展,因文艺的介质、载体、传播方式以及文艺形式的变化,文艺创作与制作经常需要多个艺术门类的合作。也就是说,现代艺术发展越来越走向多个艺术门类的综合,比如戏剧、电影、电视剧、动画片、综艺晚会、大型开幕式表演等等，都是综合艺术，需要文学、音乐、舞蹈、美术，声、光、音、像等多种艺术元素的汇聚融合，形成整体的艺术能量，共同完成一个叙事目标。如果说这是各个艺术门类的合作，那么，其本质上则是各个门类艺术家的合作。合作就需要团队，团队就需要团结和谐。可见，现代艺术的综合性特征也决定了文艺家之间团结合作的重要性。相互尊重，相互补台，把个人才情融入整体目标，才能更好地达成整体艺术目标的实现。团结起来，就会形成个体无法实现的新的艺术创造力。

二、健康的文艺批评可以增强团结向上的生动性

团结，不是你好我好大家都好的"好好主义"，也不是无原则的"一团和气"。团结，是在共识基础上形成的内在凝聚力和生动性。文艺发展离不开批评。2014年10月15日，习近平总书记在文艺工作座谈会上指出，"文艺批评是文艺创作的一面镜子、一剂良药，是引导创作、多出精品、提高审美、引领风尚的重要力量"。文艺批评要的就是批评，不能都是表扬甚至庸俗吹捧、阿谀奉承；不

能因为彼此是朋友，低头不见抬头见，抹不开面子，就不敢批评。"一点批评精神都没有，都是表扬和自我表扬、吹捧和自我吹捧、造势和自我造势相结合，那就不是文艺批评了！"文艺批评褒贬甄别功能弱化，缺乏战斗力、说服力，不利于文艺健康发展。文艺批评是良药，但良药苦口，忠言逆耳，人在本能上喜欢褒奖而不喜欢批评，所以批评容易引起某种分歧甚至情绪对立，也因此，常常出现碍于朋友情面，回避批评。但是，不批评，看似维护了"情面"，却掩盖了文艺的问题，掩盖了创作者的盲区，既不利于文艺的健康发展，也不是真正意义上的团结。那么，如何通过文艺批评求得团结？这就要建立良好的批评与自我批评风气，这不仅是学风的建设，也是道德风尚的建设。

首先，批评必须是善意的、真诚的。批评的出发点是求得文艺的健康发展，是求得文艺作品的更高质量。所以，批评应当针对文艺作品的思想性和艺术性，针对文艺现象和思潮，针对文艺的价值观和美学观等艺术问题，而不是针对文艺家个人，即对艺不对人。所以，批评必须是善意的、真诚地为着文艺而批评，不能假文艺批评之名党同伐异或争名夺利。其次，文艺批评要尽可能体现出科学性。文艺批评不是根据个人好恶发议论，而是要遵循艺术规律，运用历史的、人民的、艺术的、美学的观点评判和鉴赏作品，说出道理，以理服人，体现出文艺评论的科学性。在艺术质量和水平上敢于实事求是，好处说好，坏处说坏。习近平总书记在文艺工作座谈会上指出："对各种不良文艺作品、现象、思潮敢于表明态度，在大是大非问题上敢于表明立场"，要把好文艺批评的方向盘。这也是对文艺评论家的理论水平、学识修养、美学素养、道德人格的一种考验。坦诚的、说理的、科学的批评，才是健康的文艺批评，才能营造出良好的批评风气，于文艺创作有益，为人所乐于接受。为此，就要坚决克服那种粗暴的、偏激的、意气用事或求全责备的批评，把文艺批评提高到一个新境界、新水平。再次，对于作家艺术家而言，要敢于面对批评自己作品短处的批评家，以敬重之心待之。批评家未必就一定比作家艺术家高明，但常言道，旁观者清。批评家的优势在于"旁观者"的角度，可能更客观一些。金无足赤，艺无止境。只要批评言之有理，论之有据，就应当乐于接受，能够"闻过则喜"就更好了，那就是大家风范。如果不认同对方的批评，欢迎反批评，发扬艺术民主和学术民主，争论或争鸣都是好事情，你来我往，一来二去，反复切磋，真理会越辩越明。总之，批评与自我批评，批评或反批评，都只是作为批评的方式，只要是善意的、真诚的、说理的批评，都会受到欢迎。批评在本质上是一种沟通、交流和思想碰撞，只有通过沟通、碰撞才能求得真知和共识，也必能形成生动活泼的局面和团结向上的风气。

三、自觉的社会责任感可以增强团结向上的积极性

"百花齐放、百家争鸣"是党的文艺方针，也是力求达到的文艺繁荣的景象。这一方针为每一位艺术家充分发挥自己的艺术才华提供了广阔空间和可能性，写什么和怎么写完全是根据艺术家的才情选择适合于自己个性的题材、体裁和形式。当然，选择与责任同在，这也从另一方面对艺术家提出了更高要求，就是要有社会责任。艺术作品都会产生相应的社会效果，积极或消极、正面或负面，都会由作品的思想内容生发出来影响社会。因此，艺术家要切实考虑自己的作品可能产生的社会效果，尽量避免自己的作品成为负能量的载体或腐朽思想的传播工具。2016年11月30日，习近平总书记在中国文联十大、中国作协九大开幕式上指出："牢记文化责任和社会担当，正确把

握艺术个性和社会道德的关系,始终把社会效益放在首位,严肃认真考虑作品的社会效果。要珍惜自己的社会形象。"五年之后,习近平总书记在中国文联十一大、中国作协十大开幕式上进一步指出:"文艺工作者的自身修养不只是个人私事,文艺行风的好坏会影响整个文化领域乃至社会生活的生态。"所以,文艺工作者要讲品位、讲格调、讲责任。这是谆谆教导,也是殷殷期望。文艺工作,是培根铸魂的工作,用什么精神、什么价值观铸魂,直接影响一个民族的精神状态,甚至影响一个民族的未来,责任就在其中。为民族铸魂,先要铸己,要努力使自己成为具有健康审美意识、品格高尚的人。血管里流出来的是血,水管里流出来的是水,这就是品格的意义。可见,艺术家的职业道德,首先是确立社会责任感。有了责任感,就知道应当写什么和不应当写什么、应当怎样写和不应当怎样写。对正能量要敢写敢歌,理直气壮,正大光明;对丑恶事要敢怒敢批,大义凛然,威武不屈。从有益于社会的责任出发,就会自觉地把真善美融入艺术创作中去,使作品蕴含人性的良知、温暖和光明,扬善惩恶,饱含激励人上进的正能量,有益于社会人心。文艺作品,润物无声,潜移默化,移风易俗,是会影响世道人心的。有了责任感,就会自觉抵制拜金主义、享乐主义、极端个人主义，就会摒弃那种病态的、畸形的、腐朽的所谓"时尚的"审美观，使自己的创作走在一条康庄大道上。社会责任感是作家艺术家的职业道德精神，也是一种促人上进的动力、责任激发的动力。

攀登艺术高峰，就必须有向上的精神状态、向上的目标。有了向上的目标，才会在目标认同上、在目标感召下走到一起，才会团结起来向着目标努力。因此，向上的精神和目标是团结的基础和前提，在这个基础上形成的团结才是有向上力量的团结。不敢面对实际问题的"好好主义"和无原则的"一团和气"不是真正意义上的团结，因为它们不能形成向上的团结力量。在实现中华民族伟大复兴的历史进程中，文艺大有可为，也应当大有作为，也就是要以无愧于时代的优秀作品为这一历史进程提供精神动力，用文艺振奋民族精神，凝聚中国力量，推动历史前进。这是时代赋予文艺的使命。要承担这一使命，文艺就必须要有一种向上的精神、前进的力量。因此，在《中国文艺工作者职业道德公约》中，把"倡导团结向上"作为公约内容，是文艺的责任和使命对文艺工作者必然的职业道德要求，是时代对文艺队伍的精神召唤。让我们在习近平新时代中国特色社会主义思想指引下，坚定文化自信，切实履行公约，从我做起，同心同德，坚决克服不利于团结的行为，坚决抵制造谣诽谤、网络暴力，绝不做不良风气的制造者、跟风者、鼓吹者，为中国文艺攀登艺术高峰，营造自尊自爱、互学互帮、团结和谐、天朗气清的行业风气。文艺行业的风气，就是文艺工作者职业道德的直接体现，也是文艺工作者精神风貌的直接体现。

  道德高尚，襟怀坦荡。
  携手同行，惠风和畅。
  守正创新，团结向上。
  攀登高峰，倍增力量。

弘扬行风艺德 引领社会风尚

彭 锋

北京大学艺术学院院长、教授

  2022年新修订的《中国文艺工作者职业道德公约》号召广大文艺工作者"引领社会风尚"。习近平总书记明确指出,"文艺是铸造灵魂的工程,文艺工作者是灵魂的工程师""立德树人的人,必先立己;铸魂培根的人,必先铸己"。文艺引领社会风尚具有天然的优势,承担着独特使命。坚持弘扬正道,不断提高学养、涵养、修养,追求德艺双馨,努力成为真善美的传播者、先进文化的践行者、时代风尚的引领者、社会形象的塑造者，是文艺工作者理应遵守的职业道德。

一、坚守艺术理想，用美的作品陶冶人、用美的人品感染人

习近平总书记指出，"文艺是时代前进的号角，最能代表一个时代的风貌，最能引领一个时代的风气"。作为灵魂工程师，文艺工作者需要正确认识文艺的功能属性和地位作用，明确文艺是培根铸魂的工程。古人讲，"文章合为时而著，歌诗合为事而作"，其中的"为时""为事"就是要发时代之先声、开社会之先风、启智慧之先河。文艺具有娱乐功能，但文艺不能仅仅为了娱乐，更不能被娱乐所取代。除了娱乐功能，文艺更具有提高认知、追求真理、启迪心灵、激发理想、提升审美等多种功能。如果不能准确把握文艺的地位和作用，就有可能出现格调不高，甚至趣味庸俗的倾向，以至于忘记"人类灵魂工程师"的崇高使命，误入价值观混乱、审美标准模糊的歧途。

文艺的作用和影响独特而巨大。文艺作品不同于一

般物质产品，它以其特有的感染力、影响力在提供审美愉悦的同时，还提供着丰富的精神文化滋养，给人以价值引导、精神引领、审美启迪。习近平总书记指出，"艺术的最高境界就是让人动心，让人们的灵魂经受洗礼，让人们发现自然的美、生活的美、心灵的美"。优秀的文艺作品不仅描述现实生活的面貌，而且通过蕴含在作品里的思想内容、道德取向、价值追求和审美判断，润物无声、潜移默化地影响着受众的思想和行为。近几年爆火的《中国诗词大会》等电视节目广受好评，人们在体会"采菊东篱下，悠然见南山"的意境中感受传统文化之美。从"唐宫夜宴"到"只此青绿"，人们在"何以中国"的思考中感悟文化自信。革命历史题材电视剧《觉醒年代》播出后迅速掀起热议，不但没有给观众留下严肃、说教等刻板印象，反而通过一段段接地气的剧情，成功"吸粉""破圈"，让人们真切感受到革命信仰的伟大力量。更值得一提的是，随着电视剧热播，越来越多的年轻人被剧中情节和革命先烈所感动，大批"90后"年轻观众自发前往陈延年等烈士墓前敬献鲜花、留下誓言。这就是文艺作品的强大力量，构思巧妙的艺术呈现让作品充满了美，洗礼精神、直抵灵魂。

文艺不仅是借助作品的影响力引领社会风尚，更重要的是，与作品不可截然分开的创作者自身的人格魅力更有示范性。马克思说过，"如果你想感化别人，那你就必须是一个实际上能鼓舞和推动别人前进的人"。正所谓，文如其人、艺如其人。文艺不仅是社会生活的镜子，也是文艺工作者自己的镜子。人们常说，文学就是人学。文学跟人有关，文学写的是人性，弘扬人性中的真善美，鞭挞人性中的假恶丑。作为人学的文学，不仅是写人的学问，而且是做人的学问。做不好人，也就写不好作品。文学如此，其他艺术门类也不例外。鲁迅先生曾讲述过这样一件事，一个学生买他的书，从衣袋里掏出来的钱还带着体温，他说，"这体温便烙印了我的心，至今要写文字时，还常使我怕毒害了这类的青年，迟疑不敢下笔"，"就怕我未熟的果实偏偏毒死了偏爱我的果实的人"。这段带有温度的深情的话语流露出鲁迅先生的创作态度，也反映出文学大家的社会责任感。文艺既要用作品去引领社会风尚，更要用人品去引领社会风尚，人品的打磨比技巧的锤炼还重要，人格的成就比文艺的成就更容易发挥示范作用。

二、专注艺术创作，为民族凝魂聚气、为时代凝心聚力

"文运同国运相牵，文脉同国脉相连。""文艺事业是党和人民的重要事业，文艺战线是党和人民的重要战线。""社会主义文艺，从本质上讲，就是人民的文艺。"作为人民的文艺，不能简单娱乐人民，而是要引领人民对美好生活的追求。社会生活是一个复杂的混合体，其中有新风正气，也有沉渣陋习。王国维在《人间词话》中写道："诗人对宇宙人生，须入乎其内，又须出乎其外。入乎其内，故能写之。出乎其外，故能观之。入乎其内，故有生气。出乎其外，故有高致。"要创作出既有生气又有高致的文艺作品，就需要走入生活、贴近人民，以高于生活的标准来提炼生活，用有筋骨、有道德、有温度的作品，让人们看到美好、看到希望、看到梦想就在前方。说起贺绿汀，人们很快会联想到他创作的那首著名歌曲《游击队歌》。抗战爆发，他放弃在上海的优厚待遇，把家人送回湖南老家，参加救亡演剧队，走上了抗日救亡的道路。在山西听到八路军运用游击战术打鬼子、缴获日军战利品的故事后，酣畅淋漓地写出了"没有枪，没有炮，敌人给我们造……"

这段激昂的旋律，生动地刻画出游击队员们机智、灵活、英勇的英雄形象，展现出昂扬的斗志和革命的乐观主义精神，传递给每一位游击队员无尽的力量，至今仍广为传唱。

文艺是时代精神和社会风尚的反映，文艺也引领着时代精神和社会风尚的发展。《礼记·乐记》认为，不同的社会生活会产生不同形式的音乐，不同的音乐也会养成人民的不同品德和社会的不同风尚。女诗人李清照就曾用"生当作人杰，死亦为鬼雄。至今思项羽，不肯过江东"这样豪迈气概的诗词，寄托一腔炽热的家国情怀。好的文艺作品不仅突出时代特色，反映社会进步，而且体现时代要求，发挥引领社会发展的作用。习近平总书记指出，"文艺要通俗，但决不能庸俗、低俗、媚俗。文艺要生活，但决不能成为不良风气的制造者、跟风者、鼓吹者。文艺要创新，但决不能搞光怪陆离、荒腔走板的东西。文艺要效益，但决不能沾染铜臭气、当市场的奴隶。创作要靠心血，表演要靠实力，形象要靠塑造，效益要靠品质，名声要靠德艺"。这"四个决不能""五个要"是每一位文艺工作者必须坚守的座右铭。聂耳、冼星海之所以成为人民音乐家，就是因为把个人理想同民族解放事业紧紧联系在一起，在民族危难之际，创作出《义勇军进行曲》《黄河大合唱》等不朽乐章。直到今天，这些凝聚国魂的旋律仍然激励着我们。

当代中国，江山壮丽，人民豪迈，前程远大。举精神旗帜、立精神支柱、建精神家园，是当代中国文艺的崇高使命。新时代文艺工作者应当把社会主义核心价值观落实到文艺创作、日常生活的方方面面，树立正确的世界观、人生观、价值观，承担起引领社会风尚的责任，理直气壮地为亿万人民、为伟大祖国鼓与呼。要把心思和精力都投入创作中，心无旁骛、精益求精，用高品质的文艺作品去赢得人民的尊重和信任。要深刻把握民族复兴的时代主题，把人生追求、艺术生命同国家前途、民族命运、人民愿望紧密结合起来，以文弘业、以文培元，以文立心、以文铸魂，把文艺创造写到民族复兴的历史上、写在人民奋斗的征程中。文艺工作者不仅要让人民成为作品的主角，而且要把自己的思想倾向和情感同人民融为一体，把心、情、思沉到人民之中，同人民一道感受时代的脉搏、生命的光彩，为时代和人民放歌。

三、走好立己铸己之路，履行成风化人的社会责任

做人与从艺从来不可偏废，养德和修艺息息相关。文艺要塑造人心，创作者首先要塑造自己。习近平总书记语重心长地说，"文艺工作者的自身修养不只是个人私事，文艺行风的好坏会影响整个文化领域乃至社会生活的生态"。文艺创作具有鲜明的社会导向和社会属性，它不只是文艺工作者个人的职业私事。在日常生活中，大家看一个人首先会看他的德行为人。处在聚光灯下的文艺工作者身份更加特殊，首先是一名普通公民、一个社会人，不折不扣遵纪守法是最起码的社会公德，但同时又是一名"自带流量"的公众人物，一言一行都会在社会上产生放大镜般的倍增效应，被赋予更高的道德期待、担负更多的社会责任。有人说，文艺工作者的责任，就是演好戏、唱好歌，没必要让他们具有比一般人更高的德行修养。这种认识恰恰忽视了文艺工作者在大众心目中的风尚引领作用，忽视了文艺作为精神文明产品的本质属性，必须坚决摒弃。文艺与社会生活密切相关，文艺行风深刻影响着社会风气，文艺工作者的修养既是个人的要求，也是社会的要求。台上台下一个样，人前人后一个样。文艺工作者应当时刻保

持清醒，认清自己的职责使命，增强道德法治观念，加强自我管理、自我约束，在精神层面追求高尚，有信仰、有情怀、有担当，在行为层面珍惜荣誉，遵纪守法、规范言行，追求德艺双馨。不论什么时候，做人做事都要有底线、有原则。越有知名度，越要重视公信度，倍加珍惜党和人民给予的荣誉和关爱。

文艺家因其独特的才能，很容易成为群众关注和崇拜的对象。随着经济、社会的发展，特别是信息传播技术的日益发达，文艺工作者生活中的点点滴滴很容易被无限放大。文娱产业的发展带动了周边服务，粉丝心甘情愿地为自己喜欢的偶像应援、打榜。一些粉丝因作品认识偶像，又因关注偶像不再关注作品本身。但偶像的颜值、人设都是"表面功夫"，更重要的是要有实力，这样才能发挥榜样引领作用。文艺工作者身处台前，看到的往往是鲜花，听到的往往是掌声，没有定力就会迷茫。其实，观众关注的背后是信任，这份信任也是一份责任。诗人严羽说："夫诗有别材，非关书也；诗有别趣，非关理也。然非多读书，多穷理，则不能极其至。"文艺创作需要特别的才能和趣味，但是如果没有后天的修养，不去读书穷理，天才也不能得到充分发挥。倘若人品不正，甚至出现违法失德问题，势必会透支观众的信任，更难以担当培根铸魂的重任。哪些好、哪些不好，哪些是传统精华、哪些是糟粕沉渣，哪些要有所为、哪些要注意有所不为，这应该成为每一个文艺工作者最基本的从业态度。

古往今来，那些受人尊敬、广被赞誉的名家大师，都是以高尚的人格魅力和精湛的艺术魅力为世人所尊敬。他们那些传之久远的经典作品，无不体现着文艺家的艺术理想，无不引领着社会风尚。抗战时期，常宝堃在表演中讽刺日伪反动统治而被捕，张寿臣因为公开赞扬吉鸿昌抗日行为而受到迫害，梅兰芳面对侵略者的威逼利诱毅然蓄须拒演。人民艺术家常香玉说过三句话，一句是"演戏最重要的是精、气、神"，一句是"戏比天大"，还有一句是"人民是我们的衣食父母"，这三句话不仅是她艺术生涯和人生道路的真实写照，也是她光辉的人格精神的集中体现。李雪健凭借电影《焦裕禄》斩获"金鸡""百花"双奖，他的获奖感言至今广为流传——"苦和累都让大好人焦裕禄受了，名和利都让傻小子李雪健得了"。这些为人民群众津津乐道、喜爱和欢迎的艺术家，不走捷径、不求速成、不逐虚名，在从艺路上饱受磨砺，练就高超艺术水平，勇攀艺术高峰。在他们身上，我们看到了艺术家们对艺术的敬畏和对专业的赤诚,不仅在文艺创作上追求卓越,而且在思想道德修养上追求卓越,真正发挥了文艺立心铸魂、成风化人的重要作用。作为新时代的文艺工作者,理应以先贤为范、向经典看齐,既要精心塑造艺术形象,还要努力维护好个人形象,坚守社会表率的责任担当。

在发展社会主义市场经济条件下,文艺工作者应处理好义利关系。有一段时间,文娱领域违法失德事件热搜不断,产生不良影响。试想,一个人德行上有缺失,弘扬正道从何谈起,成风化人更无从谈起。有网友感叹,娱乐圈"瓜"太多了,群众都吃不过来了。习近平总书记指出:"一个文艺工作者如果品行不端,人民不会接受,时代也不会接受!不自重就得不到尊重!""饭圈"变味,其中的一个原因就在于部分文艺工作者失去了批判精神和超越精神,尤其是对自我的批判和超越,沉湎于个人名利而不能自拔。在流量、票房、点击率的诱惑下,一些从业者不愿下真功夫、苦功夫,而是文替、抠图,丧失了应有的职业操守。这也许可以博得一时之利,但终将被抛弃。因此,要正确把握社会效益和经济效益的关系,努力实现两个效益的有机统一,任何时候都不能以牺牲社会效益为代价来获取经济利益,决不能唯利是图、见利忘义。

站在新的历史起点上，新时代文艺工作者重任在肩、大有可为。广大文艺工作者应牢记习近平总书记的谆谆教诲，"要把个人的道德修养、社会形象与作品的社会效果统一起来，坚守艺术理想，追求德艺双馨，努力以高尚的操守和文质兼美的作品，为历史存正气、为世人弘美德、为自身留清名"。只有真正把崇德尚艺作为一生的功课，把为人、处事、从艺统一起来，下真功夫、练真本事、求真名声，才能共同营造天朗气清的行业风气和山清水秀的文艺生态，为中华民族的伟大复兴作出应有贡献。

附 录

文艺工作者道德法治教育参阅学习资料目录

一、通识教育层面有关政策法规和行业规范

《中华人民共和国宪法》

《中华人民共和国国家安全法》

《宗教事务条例》

《新时代爱国主义教育实施纲要》

《中华人民共和国刑法》

《中华人民共和国治安管理处罚法》

《中华人民共和国禁毒法》

《中华人民共和国民法典》

《中华人民共和国英雄烈士保护法》

《中华人民共和国个人信息保护法》

《中华人民共和国家庭教育促进法》

《新时代公民道德建设实施纲要》

《中华人民共和国个人所得税法》

《中华人民共和国税收征收管理法》

《中华人民共和国广告法》

《中华人民共和国证券法》

《防范和处置非法集资条例》

《中华人民共和国网络安全法》

《网络信息内容生态治理规定》

《关于进一步加强"饭圈"乱象治理的通知》

二、文艺创作生产传播层面有关政策法规和行业规范

《关于培育和践行社会主义核心价值观的意见》
《关于加强社会主义法治文化建设的意见》
《关于繁荣发展社会主义文艺的意见》
《中华人民共和国著作权法》
《中华人民共和国电影产业促进法》
《电影管理条例》
《广播电视管理条例》
《营业性演出管理条例》
《娱乐场所管理条例》

《演出经纪人员管理办法》
《网络表演经纪机构管理办法》
《广播电视和网络视听领域经纪机构管理办法》
《关于加强网络直播规范管理工作的指导意见》
《关于进一步规范播音员主持人职业行为和社会活动管理的意见》
《关于规范演出经纪行为加强演员管理促进演出市场健康有序发展的通知》

《关于进一步加强广播电视和网络视听文艺节目管理的通知》
《关于进一步加强文艺节目及其人员管理的通知》
《关于进一步加强文艺工作者教育管理和道德建设的通知》

《中国文艺工作者职业道德公约》
《文艺工作者广告代言自律公约》
《修身守正 立心铸魂——致广大文艺工作者倡议书》
《铸魂弘德 守正创新 为时代和人民放歌——第五届全国中青年德艺双馨文艺工作者表彰大会倡议书》
《网络主播行为规范》
《网络文学行业文明公约》

演员聘用合同示范文本 [1]（试行）

中国广播电视社会组织联合会
中国网络视听节目服务协会　制定

使用说明

一、本合同文本为电视剧、网络剧演员聘用合同示范文本，供电视剧、网络剧的出品方/承制方与演员、演员授权的经纪公司/工作室等单位之间签订聘用合同时使用。

二、合同各方当事人在签约之前应当仔细阅读本合同内容，特别是具有选择性、补充性、填充性、修改性的内容。

三、各方当事人应结合具体情况选定本合同文本的选择性条款，并在空白括号内自行约定补充内容或删除该条款。

1　资料来源于国家广播电视总局网站，2022年5月发布（链接地址为 http://www.nrta.gov.cn/art/2022/5/9/art_114_60318.html）。

各方当事人也可以对文本条款的内容进行修改、增补或删除，但不得随意减轻或者免除应当由合同当事人承担的法定责任。合同签订生效后，未被修改的文本视为各方同意的内容。

四、本合同文本涉及的选择、填写内容以手写项为优先。

五、合同签订前，电视剧、网络剧出品方/承制方应当出示广播电视节目制作经营许可证、营业执照（或事业单位法人证书、民办非企业单位登记证书）等相应资质或证明文件，演员经纪公司/演员工作室、演员本人应当出具营业执照、身份证件等相应资质或证明文件。

六、各方知晓并愿意严格遵守《国家广播电视总局关于进一步加强广播电视和网络视听文艺节目管理的通知》《国家广播电视总局办公厅关于进一步加强文艺节目及其人员管理的通知》等相关文件及精神，将演员片酬比例和最高片酬标准限定在合理的制作成本范围内。各方知晓并愿意严格遵守中国广播电影电视社会组织联合会电视制片委员会、中国广播电影电视社会组织联合会演员委员会、中国电视剧制作产业协会、中国网络视听节目服务协会发布的《关于电视剧网络剧制作成本配置比例的意见》要求，全部演员的总片酬不超过制作总成本的

40%，其中主要演员不超过演员总片酬的 70%，其他演员不低于演员总片酬的 30%。

七、根据国家有关部门要求，各方知晓并同意，演员片酬等劳务合同须以本人名义采取书面形式签订，不得为税后收入合同，不得以近亲属或其他与演艺活动无关的关联方个人名义签订咨询、策划等合同分拆片酬。片酬等劳务收入，不得使用现金方式支付，不得以股权、房产、珠宝、字画、收藏品等变相支付报酬形式隐匿收入，严格区分个人收入和工作室经营所得、公司收入。演员聘用合同书应列明演员经纪公司/演员工作室与演员本人之间的酬金分配以及对应合同义务等情况。

八、各方应严格依照国家税收法律法规履行依法纳税、代扣代缴义务等法定义务，演员本人应按有关规定做好自行申报纳税。各方违反国家税收法律法规相关规定的，应当依法承担相应法律责任。合同相关条款若存在与国家税收法律法规或国家税务总局相关规定不一致的，以国家税收法律法规或国家税务总局相关规定为准。

九、本合同示范文本由中国广播电视社会组织联合会、中国网络视听节目服务协会制定。

演员聘用合同示范文本（试行）

本合同书由以下各方于【　　】年【　　】月【　　】日在【　　】省【　　】市【　　】区/县共同签署达成：

甲　方（电视剧/网络剧出品方或承制方）：

法定代表人：

社会统一信用代码：

通信地址：

授权代表：

联系人：

电　话：

传　真：

电子邮箱：

乙　方（演员授权的演员经纪公司/演员工作室）：

法定代表人/负责人：

社会统一信用代码：

通信地址：

授权代表：

联系人：

电　话：

传　真：

电子邮箱：

丙方（演员本人）：

有效身份证件名称及号码：

丙方监护人：（若丙方为未成年人须填写）

丙方监护人有效身份证件名称及号码：（若丙方为未成年人须填写）

通信地址：

联系人：

电话：

传真：

电子邮箱：

鉴于：

甲方为电视剧/网络剧【　　】（暂名，最终依发行许可证或相关审批备案文件中之名称为准，以下简称"该剧"，若剧名变更，不影响本合同项下各方的权利、义务）的出品方/承制方，有权为该剧摄制组（以下简称"剧组"）聘用演员并签署本合同；乙方为丙方授权的经纪公司/工作室等单位，有权在本合同项下代理丙方的演艺事务、开展合作并代为签署相关协议和文件；丙方为演员本人。现甲方诚意聘请丙方担任该剧演员，乙方、丙方（以下除特指外，合称"演员方"）同意接受甲方的聘请并有权签署本合同。根据《中华人民共和国民法典》等国家相关法律法规，各方在平等自愿的基础上，就上述事宜，经各方友好协商，签订协议如下：

合同条款：

1. 该剧信息（暂定，信息调整不影响本合同效力）

 1.1 剧   名：【   】。

 1.2 编   剧：【   】。

 1.3 导   演：【   】。

 1.4 制 片 人：【   】。

 1.5 主   演：【   】。

 1.6 总 集 数：【   】。

 1.7 单集时长：【   】。

2. 演员工作内容

 2.1 演员角色：

 甲方聘用丙方出演该剧中"【   】"角色，角色名字以电视剧/网络剧中最终确定的为准，角色名称变更不影响本合同效力。丙方演出的具体内容，原则上以甲方最终确定的演出剧本和台本以及甲方及其授权的导演的现场指令为准。

 2.2 演员工作：

 演员方同意遵守甲方之安排，参与该剧剧本研讨会、试装、试拍、定妆、拍摄、配音、宣传、【   】等与该剧有关的工作。

  2.2.1 筹备工作：

  演员方应在该剧拍摄期限开始前，应甲方要求参加试装、定妆、试拍、剧本研讨会等筹备工作，甲方对演员方在该剧中的人物造型（包括化妆、发型、服装、道具、配饰等）有最终决定权。

2.2.2 拍摄工作：

演员方应按照甲方要求准时到达拍摄地点参加该剧的拍摄，优质、专业、高效地完成角色的演出及本合同约定的其他相关工作。如拍摄期间因演员方迟到等演员方原因造成拍摄延误，演员方应配合顺延拍摄时间，保证足够拍摄时长，完成剧组拍摄需求。

2.2.3 配音工作：

演员方应按照约定的时间地点完成该剧的后期配音及相关后期制作工作，如演员方无法按甲方要求完成配音工作（未能按时配音或配音质量欠佳等）的，演员方同意甲方有权为演员方出演角色选择专业配音演员进行配音，相应成本（如配音酬金、差旅、食宿等）由演员方承担，或在支付给演员方的片酬中予以扣除。

2.2.4 宣传发行工作：

演员方应按照甲方要求，配合甲方对该剧的宣传、发行工作，参加宣传照片、海报、视频、花絮、预告片等的拍摄及制作，应甲方要求参加各项国内外的宣传、发行等活动,包括但不限于开机仪式、首映礼、发布会、宣传活动等,演员方参加国内宣发活动不少于【   】次，具体时间、地点及内容等由甲方与演员方提前沟通并决定。

2.2.5 补充工作：

演员方完成本合同项下全部前期拍摄工作后，如因有关部门审片修改的要求或不可抗力等原因，须对该剧进行补拍、补录等工作时,演员方应予以配合完成。如补充工作在【 】日内完成的,甲方无需另行支付酬金;如超过【 】日,甲方应按每日【 】元的标准向演员方另行支付酬金。

2.2.6 其他工作:【 】。

2.3 演员工作期限:【 】。

2.3.1 拍摄期限:

自【 】年【 】月【 】日至【 】年【 】月【 】日为周期中的【 】个拍摄工作日(以下简称"拍摄期")。演员方根据剧组通告单到场并完成一天拍摄工作的视为1个拍摄工作日。基于影视剧拍摄的特殊性,如遇法定节假日,演员仍须配合完成相应拍摄工作,各方另有约定的除外。

(1)拍摄期仅为演员方参加正式拍摄的期限,其他工作(包括但不限于配合甲方前期筹备会议、体验生活、研讨剧本、试妆、定妆、拍宣传照、配音、宣传推广等工作)不计入上述期限。演员方最迟应于开机【 】日前到达剧组。

(2)预计开机时间:【 】年【 】月【 】日。根据该剧筹备情况,各方均同意开机时间可提前或延后不超过【 】日(包括第【 】日),拍摄期限亦做相应提前或顺延,甲方无需为此额外支付任何费用。

(3)在本剧拍摄期间,演员方在签署本合同前已经确定必须要参加的活动(详见附件),甲方应予以理解和支持，原则上不应在该段时间为演员方安排拍摄工作。如因开机日期或拍摄期限变化等原因，甲方须在前述演员方已确定的活动时间安排拍摄工作的，由各方另行协商确定。

2.3.2 拍摄日工作时长：

演员方每个拍摄日的工作时间（从化完妆到达当日拍摄地时起至完成拍摄时止）不超过【　】小时，甲方保证演员方每个拍摄日内应有至少【　】小时的休息时间。如遇特殊情况需要延长演员方拍摄时长的，甲方应及时与演员方沟通并友好协商解决。

2.3.3 工作安排通知期限：

甲方应提前【　】通知演员方有关筹备期、开机、配音、宣传、补拍、重拍等工作的时间、地点、安排等事宜，以便演员方协调档期。

2.4 拍摄地点：

主要拍摄地点为【　】等，或甲方根据拍摄需要而确定之其他拍摄地点。

3. 合同款项及支付

3.1 合同款项：

各方协商一致同意按照如下第【　】种方式计算片酬（如无另行明确约定，本合同币种均为人民币）：

（1）甲方按约定集数【　】集、单集片酬【　】元的标准支付总片酬为：税前【　】元（小写【　】）；

（2）甲方按照天数【　】天、单天片酬【　】元的标准

95

支付总片酬为:税前【 】元(小写【 】);

(3)甲方支付固定总片酬为:税前【 】元(小写【 】)。

3.2 支付方式:

3.2.1 本合同签订之日起【 】个工作日内,甲方支付合同款项之【 】%,即【 】元(小写【 】);

3.2.2 该剧开机后且演员方首次开始正式拍摄之日起【 】个工作日内,甲方支付合同款项之【 】%,即【 】元(小写【 】);

3.2.3 演员方拍摄期过半(以剧组通告单为准)之日起【 】个工作日内,甲方支付合同款项之【 】%,即【 】元(小写【 】);

3.2.4 演员方拍摄工作全部结束之日前【 】个工作日内,甲方支付合同款项之【 】%,即【 】元(小写【 】)。

3.3 本合同款项按照以下第【 】种方式进行支付:

(1)如收款方为乙方,则按如下方式操作:

3.3.1 乙方应于每一期合同款项支付期间的截止日前【 】个工作日内向甲方提供内容为"表演服务费"的等额【 】发票,如乙方未提供发票或提供不符合规定的发票,则甲方有权暂停支付乙方当期合同款,直到甲方收到乙方符合规定的发票后再予付款,且甲方不因此承担任何违约责任。

3.3.2 乙方在收到甲方支付的片酬后,应当按照乙方与丙方签订的经纪等相关合同约定,按时向丙方支付片酬金额共计税前【　　】元（小写【　　】元）。乙方和丙方应当依法履行税费缴纳义务。乙方应督促丙方依法缴纳税费，如乙方为法定扣缴义务人的，应依法代扣代缴丙方个人所得税，履行扣缴义务人法定义务。

3.3.3 甲方发票开票信息如下。如甲方开票信息发生变更，甲方应及时通知乙方，乙方应在开票前与甲方核对：

纳税人名称：
纳税人识别号：
地址：
电话：
开户银行：
账号：

（2）如收款方为丙方，则按如下方式操作：

3.3.4 丙方是法定纳税义务人，甲方是法定扣缴义务人，由甲方负责依照国家税收法律法规相关规定代扣代缴丙方个人所得税后，将剩余款项向丙方支付，并向丙方提供个人所得和已扣缴税款等信息。如丙方于年度汇算清缴期间核算须补缴或退还税款的，按照税法规定，由丙方自行享有其退税收入或承担其补缴税款，与甲方无涉。

3.4 收款方指定收款银行账户如下：
开户银行：

开户名称：

银行账号：

如因收款方自身原因须变更收款账户，收款方必须在本合同约定付款日前，向甲方提供有效的更改账户的书面通知，甲方接到收款方的书面通知后方为收款方收款账户进行有效变更。若收款方因未能及时有效通知造成收款损失，甲方不承担相应责任。

收款账户应为收款方（乙方或丙方）自身账户，若变更第三方账户作为收款账户，各方和新增的收款方应签订补充协议，说明理由且需要符合本合同相关的原则和要求。

3.5 该款项为演员方完成本合同项下工作甲方应支付之全部费用（包括但不限于演员方在筹备期/拍摄期/后期制作/宣传期等各阶段工作的酬金，以及演员方姓名、肖像、声音、签名等个人资料使用等的全部费用），除本合同另有约定外，甲方无需向演员方另行支付其他任何款项。

3.6 如因甲方单方面原因减少演员方拍摄时间、戏份，甲方仍须按本合同约定支付演员方全部合同款项，各方另有约定的除外。

3.7 如因演员方原因造成拍摄时间、戏份等减少，甲方有权根据实际情况扣减演员方的片酬。各方同意，按照如下标准与计算方式来调整演员方的片酬：【　　】。

3.8 如该剧实际播出集数超出约定集数，或实际拍摄天数超出约定天数，则各方同意按照如下第【　　】种方式处理，但总片酬仍应当限定在合理的制作成本范围内，符合国家有关部门和行业协会关于片酬比例限定的相关要求：

（1）甲方无需额外支付片酬；

（2）甲方按照如下标准与计算方式对超出集数/天数的片酬进行支付:【　　】。

4. 保险

4.1 保额：

为确保丙方在表演及完成本合同项下工作过程中的人身、财产安全，甲方应于演员方进组前【　】日内为丙方购买人身意外伤害及人身意外伤害医疗保险，保额为【　】万元（¥【　】元）。

4.2 保险办理：

甲方负责办理该项保险并承担保险费用，演员方应予协助，提供办理保险所需要的文件、有效身份证明等，在保险方要求演员方签字的保险文件上签字，保险受益人为【　】。

4.3 保险理赔：

如丙方为完成本合同项在工作中发生意外，应由保险公司依据保险文件予以赔付，不足部分待法律责任明确后由过错方承担，如有第三方责任造成演员方意外发生的，演员方可向相关责任人追责。演员方需要甲方提供协助的，甲方应积极配合。演员方对保险公司赔偿结果有异议的，应通过正当途径向保险公司主张权利或寻求司法途径解决。演员方如非因甲方、本合同项下工作原因引发的疾病、事故、意外伤害等情况，则由此发生的所有法律责任、费用均由演员方或其他责任人承担,与甲方无涉。

5. **工作费用及安排**

    5.1 甲方已向演员方支付片酬,因此不再承担演员方除丙方以外其他人员的费用(包括但不限于跟组和探班人员的住宿、交通、膳食、保险、签证等),该类费用由演员方自行承担。

    5.2 交通:

    甲方承担丙方从所在地至拍摄地的往返交通费用,标准为【   】。

    5.3 住宿:

    甲方提供丙方的住宿标准为【   】。如演员方拍摄期间离开剧组超过【   】天的,演员方应办理退房,否则由此产生的费用(包括但不限于住宿、清洁费等)由演员方自行承担。

    5.4 膳食:

    甲方提供丙方于拍摄期间的膳食标准为【   】。

    5.5 车辆:

    各方同意,甲方依照以下第【   】种方式为丙方提供拍摄期间的车辆相关安排。

    (1) 拍摄期间甲方不为丙方提供专门用车,其由剧组住宿地往返拍摄现场的用车由剧组统一调配使用。

    (2) 拍摄期间甲方为丙方提供一名司机和一辆用车,车辆标准为【   】。

    (3) 拍摄期间甲方同意丙方自带一名司机和一辆用车,车辆标准为【   】,司机的劳务费标准为【   】,司机的食宿标准为【　　】。

5.6 签证：

履行本合同期间，丙方为履行本合同义务前往目的地之签证、工作许可证等所需费用均由甲方负责，演员方应予以配合。演员方应保证不存在身份受限或因自身原因无法办理签证、工作许可之情况，如发生上述情况，致使本合同约定工作无法进行，则甲方有权解除本合同，演员方应退还所收取的全部合同款项，并赔偿因此给甲方造成的全部损失。非因任何一方原因导致签证相关问题，致使本合同约定工作迟延履行的，甲方与演员方应另行协商处理相关工作与费用安排。

5.7 宣传：

各方选定依照以下第【　　】种方式进行相关安排。

（1）甲方不安排演员方参加该剧的宣传活动。

（2）甲方安排演员方参加该剧的宣传活动，甲方承担丙方的住宿、膳食和交通费用。其中，交通标准为【　　】；住宿标准为【　　】；膳食标准为【　　】。

5.8 因私费用和责任：

演员方须自行承担本合同约定项目之外及超过本合同约定标准而发生的一切费用（包括但不限于演员方因7.2.6条请假事宜而发生的往返剧组相关费用）；演员方因私引发的任何安全或其他问题，由演员方自行承担或解决。

5.9 对于本合同约定或各方协商确定由甲方承担，演员方先行垫付的费用（如交通、住宿、膳食等费用），演员方须向甲方提供对应金额的相应发票，供甲方予以报销。

5.10 各方其他约定（如演员方参与筹备工作，后期配音、补拍补录等工作中有关交通、食宿等事宜）：【   】。

6. 权利归属

6.1 甲方及／或其他出品方绝对永远拥有演员方出演的该剧及与该剧相关的衍生品、演绎作品及其他作品、商品、服务等（包括但不限于一切与该剧有关的角色名称、人物造型、肖像、对白、动作、剧照、音乐、歌曲及文字材料、电影、电视录像带、录音带、VCD、DVD等）在全球范围内的全部版权及其他所有权利。甲方及／或其他出品方在全世界范围内永久地独占性拥有、并且演员方特此向甲方转让，所有在演员方提供服务的成果中所包含的所有权利（包括但不限于所有表演者权利、版权及其他权利）。甲方有权决定如何处理有关该剧所引发的一切权益及发行、宣传、传播等事宜，演员方不得干涉。如果根据任何国家或地区的法律，甲方对该剧不享有上述除署名权外归属于演员方的该剧的知识产权及任何其他权利，则演员方在此不可撤销并唯一地将上述权利全部转让给甲方，各方无需就该转让另行签署任何协议或支付任何费用；如果任何国家或地区的法律禁止或限制此类转让，则演员方在此不可撤销并唯一地将上述权利独占授予甲方永久使用，各方无需就该授权另行签署任何协议或支付任何费用。未经甲方书面许可，演员方不得擅自行使上述任何权利，但演员方在保证不早于甲方首次使用时间且不会导致甲方权益受损的情况下，有权基于个人宣传需要，在个人资料、简历、传记等内容中使用该剧的名称、演员方单人剧照等必要资料。本合同基于任何原因中止、终止或解除的，不影响本条款的效力。

6.2 甲方为筹备、宣传、推广（包括与第三方的联合推广）、发行、播放该剧，出版发行剧本，制作发行该剧音乐 MV 等目的，有权自行或许可第三方使用演员方的姓名（本名、艺名及角色名称）、肖像、声音、签名、个人工作上的资料、载有演员方剧中形象的照片、胶片、录像带、录音带、剧照等，而不需要取得演员方的另行同意，亦不需要向演员方另行支付任何费用，载有演员方形象的视频、照片不得用于除该剧及上述行为之外的任何第三方宣传。如甲方对本剧进行除播放、宣传及发行外的任何其他商业开发，涉及演员方形象、声音、演出片段等，则须由各方另行协商确定。非经演员方同意，甲方不得使用演员方肖像、姓名、声音于任何其他商品及服务。

6.3 演员方如约完成本合同所有工作后有权于该剧中署名。根据国家广播电视总局发布的《电视剧母版制作规范》，各方约定，丙方在该剧的署名方式、顺序、位置为【　　】。有关署名事宜各方有补充或另行约定的，依约定处理，其他未尽事宜由甲方确定。如演员方违反本合同第 7.2.2 条约定的，或本合同被解除的，甲方有权不予为演员方署名，且不视为对演员方相关权利或权益的侵害。

6.4 演员方如因参演该剧获得个人奖项，则所获之个人奖项的奖品及荣誉归演员方个人所有（包括但不限于证书、奖杯、奖牌、奖金及其他与该奖项有关的奖励形式)。

6.5 各方其他约定:【   】。

7. 各方权利与义务

7.1 甲方权利与义务:

7.1.1 甲方及剧组拥有判定该剧摄制的进度情况及是否已全部完成摄制之最后决定权。

7.1.2 甲方应当如约按期向演员方支付合同款项,否则演员方有权依据本合同 11.2 款之约定向甲方主张权利。

7.1.3 甲方保证拍摄的脚本应与签订本合同时与演员方先行沟通的剧本内容基本相符,在拍摄过程中,演员方有权就剧本和角色及造型提出意见和建议,但应服从甲方或导演对演员方出演角色的合理剧情安排。若在拍摄过程中甲方对剧本或演员方角色进行重大调整、导致剧情和人物走向发生颠覆性变化,甲方应与演员方提前沟通,各方应就调整内容友好协商。若各方意见未能达成一致,在演员方不存在本合同约定的违约行为的情形下,演员方有权依据本合同 11.3 款之约定向甲方主张权利。

7.1.4 在演员方遵纪守法、善意履约的情况下,甲方保证不会做出或发布任何损害、破坏演员方的声誉、形象的行为或言论。甲方违反本条约定对演员方造成严重损害的,演员方有权依据本合同 11.4 款之约定向甲方主张权利。

7.1.5 除各方另有约定外,演员方在该剧的发型、服装、化妆等造型和道具均由剧组负责提供。

7.1.6 甲方保证不要求演员方从事各种危及人身安全和体力不及之动作。如根据剧情拍摄需要，演员方确定无法完成的危险动作甲方应另外聘请专业替身完成上述工作，相关费用由甲方承担。甲方不得要求演员方在演出排练及拍摄中出现色情、裸露、淫秽、暴力或其他违反伦理道德公序良俗的动作或台词，也不会让替身代演员出演该等镜头。甲方违反本条约定的，演员方有权依据本合同 11.4 款之约定向甲方主张权利。

7.1.7 如有国外拍摄或宣传，甲方负责办理丙方前往国外拍摄地或宣传地的签证，并承担相应费用，但演员方应自行准备办理签证所需的必要有效身份证明和相关资料。

7.1.8 为了该剧摄制和发行的需要，演员方同意，甲方有权与第三方合作或向第三方全部或部分转让其在本合同项下的权利及 / 或义务，但应通知演员方且不得影响演员方依据本合同所享有的权益。

7.1.9 甲方应尽最大努力保护演员方于工作期间的人身及财产安全，如工作现场发生混乱或遇意外事件，而使演员方的人身、财产安全受到威胁时，甲方应及时实施安全保障措施，在甲方能力范围内为演员方提供保护，如因安保工作疏忽等甲方原因造成严重后果的，演员方有权依据本合同 11.4 款之约定向甲方主张权利。

7.1.10 甲方保证已取得或将取得制作该剧的所有必需资格及

政府批准，有权与演员方签订本合同，不会由此引致或出现对演员方的法律诉讼，否则演员方有权依据本合同 11.4 款之约定向甲方主张权利。

7.1.11 基于影视拍摄的复杂性和不确定性，甲方单方停止拍摄并解除本合同的，甲方除根据【 】标准结算演员方实际拍摄天数的片酬外，还应按【 】标准向演员方支付补偿金。

7.1.12 甲方的其他权利义务：【 】。

7.2 演员方权利与义务：

7.2.1 演员方依约履行本合同，享有获得公平报酬的权利以及法定和本合同约定的其他权利。演员方应依约完成本合同项下的工作，遵守中国广播电视社会组织联合会发布的《电视剧网络剧摄制组生产运行规范（试行）》，遵守甲方的工作安排及剧组拍摄计划，遵守剧组的工作纪律及管理制度要求，服从剧组的管理，不得拒收甲方通告，不得有迟到、早退、旷工、打架、自行离组或其他影响拍摄工作的行为。拍摄创作过程中若出现分歧，演员方有权对角色和剧本提出自己的见解和建议，但最终以甲方及导演的意见为准。演员方如非因不可抗力原因，出现违反本条约定之行为（包括但不限于拒不执行甲方的工作安排及规章制度、演员方未按合同约定及工作通告的期限到达约定地点、无故误场、中途罢演、未经甲方事先许可擅自离开剧组、不配合补录补拍等后期工作、不配合该剧宣传等），均属演员方违约。甲方有权依据本合同 11.6 款之约定向演员方主张权利。

7.2.2 演员方应保持良好、健康的形象，不得出现下述行为。如演员方违反本条约定，出现下述行为使自身形象受到贬损，导致该剧制作、发行、宣传、评奖遭到有关主管部门的禁止、限制或被市场排斥、社会公众抵制等情况的，甲方有权依据本合同 11.7 款之约定向演员方主张违约责任：

（1）违反《中华人民共和国宪法》的行为，包括但不限于破坏社会主义制度，危害国家安全、损害国家荣誉和利益，破坏国家统一、民族团结或国家宗教政策，宣扬恐怖主义、极端主义、邪教或封建迷信等；

（2）违反中华人民共和国法律、行政法规的行为，包括但不限于吸毒、嫖娼、赌博、偷逃税款、酒驾、发表反动言论、参加非法组织及集会等违法犯罪行为；

（3）违背社会公德、伦理道德、公序良俗的言论或行为；

（4）其他具有不正当性，且可能给该剧的筹备、摄制、发行造成负面影响，导致该剧市场价值、口碑声誉贬损的言论或行为。

7.2.3 演员方保证在本合同签订后至该剧拍摄完毕期间，非经甲方许可，不得擅自改变个人形象，包括但不限于进行整形手术、文身等导致影响拍摄的整体及局部形象变化的情况，否则甲方有权按照本合同 11.8 款之约定要求演员方承担违约责任。

7.2.4 演员方出现之镜头画面或使用之拍摄道具，如涉及广告植入/软性广告宣传，甲方须提前与演员方进行沟通，在与演员方已有代言不存在冲突的情况下（见附件演员方于本合同签订时提供的已有代言明细），演员方应予理解和配合，甲方无需向演员方额外支付任何费用，但如甲方将前述广告植入/软性广告宣传用于除以本剧形式之外进行的其他形式的任何商品、品牌、产品之宣传，应当由各方另行协商确定。

7.2.5 未经甲方同意，演员方不得以甲方、该剧、该剧中饰演角色等名义对外作任何商业行为（如借贷或融资等），不得实施造成甲方（该剧）在名誉、财务上招致任何损失的行为。否则甲方有权按照本合同 11.8 款之约定要求演员方承担违约责任。

7.2.6 演员方如需因伤病而请假，须提供中国大陆三级医院或甲方认可的医院出具的有效病假证明并得到甲方书面同意；如需因特殊情况而请事假，均应取得甲方同意后方可离组。演员方因前述原因请假的，演员方应按照甲方要求的时间，补足在此期间所耽误的本合同约定拍摄工作日天数，且甲方无需另行向演员方支付任何费用。

7.2.7 未经甲方书面同意，演员方不得将本合同项下的权利或义务全部或部分转让给第三方。

7.2.8 演员方须向甲方提供其真实、准确的有效身份证明原件（境外人士应给予护照、还乡证、通行证等证件）、详细住址、联系电话以及甲方合理要求的其他信息，如同时或曾有境外身份，应提前真实完整披露，以便甲方通知工作等所用。如因演员方的原因致使甲方不能及时与演员方取得有效联系而影响本合同的履行，则按照本合同第11.6款的约定承担违约责任。

7.2.9 演员方应保证完成本合同项下工作及工作成果及内容不存在因演员方自身原因引起任何违法、侵权及可能引致任何法律纠纷、行政责任、刑事责任等情况（按照甲方要求完成的内容除外），亦不会使甲方因本合同的签订、履行而遭致其他权利主体的追诉、异议、处罚或其他权利主张。否则甲方有权按照本合同11.8款之约定要求演员方承担违约责任。

7.2.10 演员方不得发表对该剧、甲方、其他出品方、合作方及其他演职人员等不利、贬损的言论。否则甲方有权按照本合同11.8款之约定要求演员方承担违约责任。

7.2.11 本合同签订时，演员方保证如实向甲方陈述是否存在妨碍该剧拍摄的各类病史（包括但不限于行动不便/心脏/肺部/肝胆/脑部/肾脏/血液/血压/传染病等方面病症），如有上述病史，演员方应及时告知；如演员方隐瞒病情，则所发生的医药费及相应风险由演员方承担，概与甲方无关。如因此导致本合同无法履行，则甲方有权解除本合同，演员方须退还已收取的全部合同款项；给甲方造成损失的，演员方还须赔偿因此给甲方造成的全部损失。

7.2.12 在合同履行过程中,丙方因生病、遭受意外伤害或其他原因,使得无法继续履行本合同项下工作或需要请假超过【　】天的,甲方有权视情况决定延期演员方拍摄工作或解除本合同。甲方决定延期的,演员方应予配合;甲方决定解除本合同的,各方按照演员方届时已完成且被甲方认可的有效工作量结算服务费,结算标准为【　】/日,演员方已收取的超出结算金额的款项应予退回。

7.2.13 演员方承诺,在本合同有效期内,乙方和丙方之间的法律关系变更、终止或解除不影响或改变演员方履行本合同的义务,不影响或改变甲方于本合同项下的权利义务。乙方和丙方之间的任何法律纠纷应自行解决,均与甲方无涉。

7.2.14 演员方的其他权利义务:【　】。

8. 不可抗力

8.1 本合同履行期限内发生的不可抗力事件,是指不能预见、不能避免并且不能克服的客观情况,包括但不限于水灾、旱灾、台风和地震等自然灾害,及战争、暴乱、骚乱、流行性疫情,法律、法规、政策的变化(制定、修订或废止)等。

8.2 因不可抗力原因导致任何一方部分或全部不能履行本合同项下的义务,应根据不可抗力的影响,部分或者全部免除责任,但是法律另有规定的除外。但声称遭受不可抗力事件的一方应在事件发生之日起【　】日内通知对方,并在【　】日内向对方提供有关机构出具的有效证明文件,并有责任尽全部合理的努力消除或减轻此等不可抗力事件的影响。迟延履行后发生不可抗力的，不免除其违约责任。

8.3 不可抗力事件或其影响终止或消除后，各方须立即恢复履行各自在本合同项下的各项义务。如不可抗力事件及其影响致使合同逾期【　】日不能履行或任何一方丧失继续履行本合同的能力，则任何一方有权以书面通知方式解除本合同，届时各方按照演员方已完成且被甲方认可的有效工作量结算服务费，计算标准为【　】/日，演员方已收取的超出结算金额的款项应予退回。

8.4 各方其他约定：【　】。

9. 保密责任

9.1 甲方承诺，甲方及甲方公司人员对于在本合同履行过程中知悉的演员方的保密信息（包括演员方未公开的个人信息、个人隐私等）予以永久保密，未经演员方书面许可，不得将该类信息泄露给第三方，否则演员方有权要求甲方按本合同款项总额的【　】%向演员方支付违约金。违约金不足以弥补演员方因此遭受的全部损失的，甲方应当补足。本条款效力为永久，不因本合同的中止、终止或解除而失效。

9.2 演员方承诺，演员方及演员方人员（包括但不限于探班的经纪人、演员助理等进组人员）保证对甲方的秘密信息予以永久（包括合同履行期间及合同终止后）保密，未经甲方书面许可，不会以任何形式向媒体、公共平台或其他任何人发布与本合同条款有关、与合同谈判和履行情况有关、与剧情摄制或甲方其他业务有关（包括但不限于该剧的剧本、预算、主题、情节、人物、结构、创意、故事、剧照、拍摄花絮、演职人员、画面、声音、音乐、文字资料、宣传彩页等，以及从甲方或甲方的职员、客户、代理人或其他人士处获得的有关其他方的）信息，亦不得擅自接受任何与该剧有关的新闻媒体采访、报道。演员方及演员方工作人员若违反本条规定的保密义务，甲方有权要求演员方按本合同款项总额的【　　】%向甲方支付违约金。违约金不足以弥补甲方因此遭受的全部损失的，演员方应当补足。本条款效力为永久，不因本合同的中止、终止或解除而失效。

9.3 免责：因诉讼、仲裁、行政命令、法律、法规之规定或向专业人士咨询（应明示相关人员负有与该方同等的保密责任，如专业人员泄密，则由该方承担泄密责任）或相关内容已对外披露等原因提及本合同所约定之秘密，不视为违反保密责任。

10. 反商业贿赂及反洗钱条款

10.1 各方都清楚并愿意严格遵守中华人民共和国关于反商业贿赂和反洗钱的有关法律法规的规定，各方都清楚任何形式的贿赂和洗钱行为都将触犯法律，并受到法律的严惩。

10.2 任何一方均不得将犯罪或其他违法行为所获得的非法收入，通过掩饰、隐瞒、转化等方式，实施使其在形式上合法化的行为。任何一方不得向对方或对方人员或其他相关人员索要、收受、提供、给予合同约定外的任何利益，包括但不限于明扣、暗扣、现金、购物卡、实物、有价证券、旅游或其他非物质性利益等。

10.3 甲方严格禁止其人员的任何商业贿赂（包括行贿及受贿）和洗钱行为。甲方人员在签订、履行本合同过程中及其后发生上述第10.2条所列示的任何一种行为，都是违反甲方公司制度的，演员方及其人员均有义务向甲方举报有关人员及行为。甲方举报邮箱：【   】。

10.4 甲方亦反对演员方及其人员以本合同、本剧或甲方之名义，或利用履行本合同之便，与本合同以外的任何第三方发生上述第10.2条所列示的任何一种行为。

10.5 演员方违反本合同约定，为谋取直接或间接的商业利益（包括但不限于合作机会和合同利益）而向甲方或甲方人员行贿，或以本合同、本剧或甲方之名义，或利用履行本合同之便，向本合同以外的任何第三方行贿的，视为演员方违约。甲方有权以书面通知形式立即解除本合同，要求演员方返还甲方已付全部款项，并要求演员方按本合同总价款的【   】%支付违约金。违约金不足以弥补甲方因此遭受的全部损失的，演员方应当补足。若演员方积极配合查处接受商业贿赂人员的，甲方可减少或免除相对应的违约金。有关商业贿赂行为构成犯罪的，移交司法机关处理，合同各方应积极配合司法机关处理。

11. 违约责任

11.1 除本合同另有约定外，任何一方违反本合同之约定，守约方有权要求违约方赔偿因此给守约方造成的全部损失。本合同项下所称"损失"包括但不限于守约方前期投入的各项成本、经济损失、预期利益、声誉损失及为此支出律师费、诉讼费、公证费、仲裁费、利息及给第三方赔偿款等费用。

11.2 如甲方违反 7.1.2 款之约定，未按约定时间向演员方支付款项，经演员方书面通知【　】日后仍未改正的，则每逾期 1 日，甲方应按照应付未付款项的【　】‰向演员方支付违约金。甲方逾期付款达【　】日的，演员方有权暂停后续工作，直至甲方付清相关款项。

11.3 如甲方违反 7.1.3 款之约定，且在演员方不存在本合同约定的违约行为的情形下，演员方有权拒绝出演被重大调整部分的剧本，各方可对剧本内容再行协商。若仍未达成一致，演员方有权要求解除合同，片酬根据甲方验收情况按【　】标准据实结算，已收取的款项多退少补。

11.4 如甲方违反 7.1.4 款、7.1.6 款、7.1.9 款、7.1.10 款约定，且构成严重损害演员方权益或本合同无法履行的，演员方有权要求甲方改正，甲方拒不改正的，演员方有权单方解除本合同，无需退还所收取的全部合同款项，并有权要求甲方按本合同总款项的【　】%向演员方支付违约金。违约金不足以弥补演员方因此遭受的全部损失的，甲方应当补足。

11.5 如因演员方原因导致该剧拍摄无法进行或单方解除本合同的，演员方应退还全部已收费用，并向甲方支付合同金额【　】%的违约金，如违约金不足以弥补甲方损失的，还应承担甲方因此产生的全部损失（包括但不限于因演员方原因导致剧组整体或部分拍摄暂停而产生的经济损失、另聘演员出演而产生的经济损失、甲方其他直接经济损失以及诉讼费、律师费、交通费等合理支出）。

11.6 如演员方违反 7.2.1 款或 7.2.8 款之约定,甲方有权要求演员方继续履行本合同,演员方须配合剧组安排完成拍摄内容等相关工作,拍摄期延误造成的损失由演员方承担,且甲方有权对演员方饰演的角色拍摄内容进行调整。若演员方不予配合,导致合同无法继续履行或合同目的无法实现的,甲方有权解除本合同,演员方须退还已收取的全部合同款项并赔偿甲方因此遭受的全部损失。如甲方选择解除合同,演员方已拍摄完成的素材可由甲方决定保留或删除。

11.7 如演员方违反 7.2.2 款之约定,演员方应赔偿因此给甲方造成的全部损失,且甲方有权删除或技术移除、遮蔽、替换演员方已经拍摄完毕的内容及形象,同时,甲方有权解除本合同,并不再为演员方署名,演员方应退还所收取的全部合同款项,并按照本合同总款项的【　】%向甲方支付违约金。违约金不足以弥补甲方因此遭受的全部损失的,演员方应当补足。

11.8 如演员方违反 7.2.3、7.2.5、7.2.9、7.2.10 款之约定,演员方应赔偿因此给甲方造成的全部损失。若因演员方违约导致拍摄无法进行或本合同履行遭受实质性阻碍的,甲方有权解除本合同,演员方应向甲方退还所收取的全部合同款项,并按本合同总款项的【　】%向甲方支付违约金。违约金不足以弥补甲方因此遭受的全部损失的,演员方应当补足。

11.9 如演员方违反 2.2.4 或 2.2.5 的约定,不予配合该剧的宣传发行工作,或补拍、补录等补充工作,甲方有权要求演员方继续履行,如演员方拒不履行,甲方有权要求演员方支付本合同总款项的【　　】%违约金。

11.10 演员方违约包括乙方、丙方一方或双方违约。乙方、丙方应对演员方任何一方或双方的违约行为承担连带责任。

11.11 各方其他约定：【　　】。

12. 其他事项

12.1 本合同首部列明之各方通信地址、传真、电子邮件、电话为各方各自确认之固定、有效联系方式，也是相互发送文件及通知之有效地址。任何一方应保证留取之联系方式行之有效，如有变更，应以书面形式通知对方。本合同项下所有通知、文件可按本合同首部列明之联系方式或变更后（已书面通知对方）的联系信息通过快递、电子邮件及传真的方式发送给对方，快递发送的自对方收到之日起生效，传真、电子邮件发送的自发出之日起生效。

12.2 如发生任一方按本合同之联系方式或变更后（已书面通知对方）之联系方式给对方邮寄文件，发送电子邮件、传真时，被拒收、退件、查无此人、查无此地址、无人收取、电子邮件被退回等情况，则所发送文件及通知自邮寄之日起第3日、传真发送之日及电子邮件被发出之日视为已送达，对各方发生法律效力，由此产生之所有法律后果由收件合同方承担。

12.3 本合同如有变更，则以各方另行书面确定的内容为准。未尽事宜，各方可另行约定补充协议。补充协议与本合同冲突的，以补充协议约定为准，其他未变更之处，均依照本合同执行。本合同以及各条款标题仅为便于参阅而设，不应影响或者限制相关条款解释。

13. **法律适用和争议解决**

13.1 法律适用：

本合同的订立、生效、履行、解释、争议解决等均适用中华人民共和国大陆地区的法律、法规的规定。

13.2 争议解决：

本合同履行过程中如出现分歧，各方应本着互惠互谅之原则友好协商解决，协商不成的，各方选定依照以下第【　】种方式进行争议解决：

（1）依据《中华人民共和国民事诉讼法》，向【　】人民法院提起诉讼。

（2）提交【　】仲裁委员会依据该委员会届时有效的仲裁规则进行仲裁，仲裁语言为中文普通话。仲裁裁决是终局的，对争议各方均有约束力。仲裁裁决确定有过错的一方应承担其他方追究其过错而支出的仲裁费、公证费、律师费和其他合理费用。

14. **附则**

14.1 本合同取代各方前期相关沟通、磋商内容，为各方认定之唯一合同。未经各方书面确认，任何一方不得对本合同进行变更，未尽事宜由各方另行协商并签订补充条款作为本合同附件或补充协议执行。

14.2 本合同内如出现可以理解的笔误和打印错误，将不影响其法律效力，如合同内某条款与现行或者更改后的法律相抵触而被认定无效，其他部分则仍然有效。

14.3 本合同自各方按签署页要求签字盖章之日起生效，共一式【　　】份，各方各执【　　】份，每份具有同等法律效力。

14.4 附件：以下附件需要演员方签字确认：

14.4.1 丙方有效身份证明复印件。

14.4.2 丙方代言清单。

14.4.3 其他（如演员方在签署本合同前已经确定参加的活动名单/日期等）【　　】。

（以下无正文，为签署页）

甲方（电视剧/网络剧出品方或承制方）：（盖章）

法定代表人或授权代表签字：

日　　期：　　年　　月　　日

乙方（演员授权的演员经纪公司/演员工作室）：（盖章）

法定代表人或授权代表签字：

日　　期：　　年　　月　　日

丙方（演员本人）：

签　　字：

丙方监护人：（若丙方为未成年人须监护人签字）

签　　字：

日　　期：　　年　　月　　日